VIRGINIA WOOLF

A Room of One's Own

옮긴이 최설희

국어국문학과를 졸업한 후 다시 대학에 들어가 영어영문학을 전공했다. 한국어와 영어의 매력을 전하고자 어학원, 도서관 등에서 다년간 아이들을 가르쳐왔다. 현재는 영어 원서를 활용하여 아이들을 교육하고 있으며 번역가로 활동 중이다. 좋은 책을 발견하고 번역하고 읽을 수 있는 지금의 일상을 사랑한다. 옮긴 책으로는 『언더커버 브로맨스』, 『브로맨스 북클럽』, 『더 크라이』, 『중2병이 아니라 우울증입니다』, 『내 꿈은 세계평화』 등이 있다.

일러두기

이 에세이는 1928년 10월 뉴넘 대학교의 예술 협회와 거턴 대학교의 오타에서 발표한 두 강연문에 기반을 두고 있다. 본 강연문들은 분량이 길어 다 읽기에 무리가 있어 이후 수정, 확장되었다.

VIRGINIA WOOLF

AWC

A Room of One's Own

자기만의 방

버지니아 울프 | 최설희 옮김

앤의
서재

만약 내가 살고 싶은 삶을 항상 가로막는 사람이 바로 내 아버지라면. 만약 당신의 남자 형제들은 모두 대학에 가는데 당신만 여자라는 이유로 대학에 갈 수 없다면. 만약 내 안에서 마그마처럼 끓어오르는 모든 열정의 언어들을 단 한 마디도 자유롭게 발설할 수 없다면. 만약 내가 읽고 싶은 그 어떤 책도 마음껏 읽을 수 없다면. 여자라는 이유로, 혼자 도서관에 가는 것이 금지된다면. 간절히 입학하고 싶은 대학에 원서를 내는 것도, 내 이름으로 당당히 책을 내는 것도, 딸의 재능을 인정하지 않는 아버지의 허락을 받아야만 한다면. 버지니아 울프는 그런 무시무시한 시대를 살았고, 그런 모든 장애물을 뛰어넘었으며, 마침내 그녀처럼 절실히 '내 마음대로 읽고 쓰고 살아갈 수 있는 자유'를 찾고 있던 수많은 여성들에게 결코 꺼지지 않는 희망의 횃불을 심어주었다. 오직 글쓰기의 힘으로. 오직 홀로 읽고 쓰고 출판할 수 있는 작가의 힘으로.

버지니아 울프에게 글을 읽고 쓸 수 있다는 것은 곧 차별받고 억압받고 고통받는 삶을 바꿀 수 있는 강력한 힘이었다. 나에게도 그렇다. 내게 글을 읽고 쓸 수 있다는 것은 억울하게 고통받는 모든 이들의 변호인이 될 수 있다는 뜻이며, 오직 종이와 펜만으로도 세상의 모든 사악함과 맞설 수 있는 강력한 힘을 가진다는 뜻이다.

이 책은 단지 작가를 꿈꾸는 여성들을 위한 책에 그치지 않는다. 모든 희망을 잃고 주저앉아 버리고 싶었던 경험이 있는 바로 나 같은 사람을 위한 책이기도 하다. 이 책은 단 한 번이라도 자신만의 꿈을 위해 인생을 걸어본 적이 있는 모든 사람들, 내가 살고 싶은 삶을 위해 모든 것을 새롭게 시작할 용기가 있는 사람들을 위한 책이다.

당신은 결코 포기하지 않을 권리가 있다. '나의 이야기'를 씀으로써 나만의 자유를 쟁취할 권리가. 당신은 오늘부터 행복할 권리가 있다. 고통받는 우리 모두의 이야기를 읽고, 쓰고, 듣고, 말함으로써 더 아름다운 세상을 만들어가며 행복을 느낄 권리가. 이 모든 것을 나는 버지니아 울프의『자기만의 방』을 통해 깨달았다. 이 책을 읽을 때마다 나는 매일 더 용감해지고, 강인해지고, 마침내 눈부시게 자유로워진다.

작가 정여울
(『끝까지 쓰는 용기』,『마지막 왈츠』저자)

CONTENTS

A Room of One's Own

그런데, 어쩌면 여러분은 이런 말을 할 수도 있겠어요. 나에게 여성과 픽션에 대해 말해달라고 했는데, 그게 자기만의 방과 무슨 상관이 있느냐고요. 설명해보도록 하지요. 여성과 픽션을 주제로 강연을 의뢰받았을 때, 나는 강둑에 앉아 그 단어들이 대체 무슨 의미일까 생각하기 시작했습니다. 패니 버니* 혹은 제인 오스틴**에 대한 몇 마디 말이면 될까요, 아니면 브론테 자매***를 칭송하고 그녀들이 살던 눈 덮인 하워스 사제관 모습을 그려보는 건요? 어쩌면 미트퍼드 양****에 대한 재치

VIRGINIA WOOLF

---

* 패니 버니(1752~1840): 영국 소설가. 본명은 프랜시스 버니. 『에블리나』로 명성을 얻었으며 그 후 처음으로 사회에 나서는 순진한 소녀의 체험을 그린 가정 소설만을 줄곧 써서, J.오스틴에게 영향을 끼쳤다. (옮긴이)

** 제인 오스틴(1775~1817): 영국 소설가. 목사인 아버지의 지원으로 어린 시절부터 많은 책을 접하고 글을 쓰기 시작한다. 『오만과 편견』, 『맨스필드 파크』, 『엠마』 등의 작품을 남겼고 20세기 들어 높이 평가되고 있다. (옮긴이)

*** 브론테 자매: 1840년대에서 1850년대까지 작가로 활동한 영국 요크셔 출신의 세 자매, 샬롯, 에밀리, 앤 브론테를 말한다. 샬롯 브론테는 『제인 에어』, 『빌렛』, 에밀리 브론테는 『폭풍의 언덕』, 앤 브론테는 『애그니스 그레이』 등 유명한 작품을 남겼다. (옮긴이)

**** 메리 러셀 미트퍼드(1787~1855): 영국의 여성 작가이자 극작가. (옮긴이)

있는 말 몇 마디, 조지 엘리엇*에 대한 찬사, 또는 개스켈 부인**에 대한 이야기 같은 단순한 것들을 의미하는지도 모르겠어요. 아마 그걸로 충분할 수도 있겠지요. 하지만 다시 보면 그 말이 그렇게 단순하지가 않습니다. 여성과 픽션이라는 제목은, 어쩌면 여러분이 생각하는 의미가 이것일 수 있는데, 여성, 그리고 여성은 어떤 존재인가에 대한 이야기이거나 혹은 여성과 여성이 쓴 픽션, 또는 여성과 여성에 대해 쓴 픽션을 의미할 수도 있습니다. 그도 아니면 이 세 가지가 도저히 뗄 수 없이 뒤섞여 있으므로 여러분이 나에게 그런 관점에서 생각해주길 바랄 수도 있겠네요. 그런데 가장 흥미로운 마지막 방법으로 이 주제를 생각하기 시작하자, 여기에 치명적인 문제가 있음을 알게 됐습니다. 그건 나는 절대 결론에 도달할 수 없을 거라는 것이었죠. 고로 내가 생각하는 강연자의 첫 번째 의무를 이행할 수 없으리라는 사실을 알았습

* 조지 엘리엇(1819~1880): 1800년대에 활동했던 영국의 여성 작가. 본명은 메리 앤 에번스이나 남성 이름으로 작품 활동을 하였다. 대표작으로 『미들마치』가 있다. (옮긴이)

** 개스켈 부인(1810~1865): 엘리자베스 개스켈. 빅토리아 시대에 활동한 영국의 소설가. 다양한 계층의 삶을 엿볼 수 있는 작품들을 발표했다. 대표작으로 『메리 바턴』, 『북과 남』이 있다. (옮긴이)

니다. 한 시간의 강연 뒤에 여러분 노트 사이사이에 끼워져 벽난로 위 선반에 영원히 간직될 순수한 진실 한 덩이를 건네주어야 한다는 그 의무 말입니다. 내가 할 수 있는 일이라곤 사소해 보이는 의견을 제안하는 것뿐입니다. 바로 여자가 픽션을 쓰기 위해서는 돈과 자기만의 방을 가지고 있어야 한다는 거지요. 여러분도 곧 알게 되겠지만, 그 의견은 결국 여성의 진정한 본성과 픽션의 풀리지 않는 참된 본질이라는 큰 문제를 해결하지 못한 채 남겨두게 됩니다. 나는 이 두 문제에 대한 결론을 내야 한다는 의무를 회피했습니다. 그로 인해 여성과 픽션이라는 문제는 여전히 풀리지 않은 채 저에게 남아 있습니다. 조금이나마 이를 보완하기 위해서 내가 어떻게 방과 돈에 관한 이런 의견에 도달하게 됐는지 최선을 다해 여러분에게 보여주겠습니다. 이런 생각을 하도록 이끈 일련의 사고 과정을 최대한 충실하고 자유롭게 펼쳐 보일게요. 만일 내가 돈과 방에 관한 나의 말 뒤에 숨어 있는 생각, 편견을 숨김없이 드러내 보인다면 그중 일부는 여성과, 또 다른 일부는 픽션과 맞닿아 있다는 사실을 알게 될 겁니다. 어쨌거나 다루려는 주제가 상당히 논란이 될 경우 (성을 주제로 한 질문이 대개 그렇듯이) 누구도 진실을 말할 거라고 바랄 수는 없습니다. 보여줄 수 있는 거라고는 현재의 그 주장을 어떻게 가지게 되었는지 정도겠지요. 청중이 강연자의 한계와 편견, 특징을 관찰함으로써 나름의 결론을 이끌어낼 수 있는 기회를 주는 것만 가능합니다. 이런 면에서는 사실보다 픽션이 더 많은 진실을 담고 있을지도 모르겠네요. 따라서 나는 소설가로서의 자유와 파격을 이용하여 여기 오기 전 이틀 동안의 이야기 즉, 여러분이 내 어깨 위에 내려둔 주제의 무게로 고심해왔던 그것을, 일상생활을 관통하여 어떻게 이끌어냈는지를 이야기해보겠습니다.

내가 앞으로 묘사하려는 것이 실체가 없다는 건 말하지 않아도 알겠지요. 옥스브리지는 하나의 가공의 대학이고 퍼넘*도 물론입니다. '나'라는 존재는 실체가 없는 누군가를 지칭하는 편리한 호칭이라고 생각합

* 옥스브리지(Oxbridge), 퍼넘(Fernham): 울프가 옥스퍼드와 케임브리지, 거턴과 뉴넘 대학의 이름을 합쳐서 만든 가상의 대학 이름.

시다. 내 입에서 거짓말들이 흘러나올 테지만 혹여 거기에 진실이 어느 정도 섞여 들어갈 수도 있어요. 그 진실을 찾고 어떤 부분이 받아들일 가치가 있는지 결정하는 건 여러분의 몫입니다. 만일 가치가 없다고 생각된다면 당연히 전부를 송두리째 쓰레기통에 던지고는 잊어버리십시오.

한 2주 전쯤, 나(나를 메리 비턴이나 메리 시턴, 아니면 메리 카마이클*, 여러분이 부르고 싶은 대로 불러도 좋습니다. 그건 전혀 중요한 문제가 아니니까요)는 청명한 10월의 어느 날, 강둑에 앉아 생각에 잠겨 있었습니다. 온갖 종류의 편견과 열정을 일으켰던 '여성과 픽션'이라는 주제에 반드시 결론을 내려야 한다는 생각이 내 머리를 땅으로 내리누르고 있었지요. 좌우로는 황금색과 진홍색이 뒤섞인 덤불이 빛을 발하다 못해 마치 열기에 불붙어 타오르는 것처럼 보였습니다. 저 멀리 강둑에서는 버드나무가 머리칼을 늘어뜨린 채

VIRGINIA WOOLF

* 울프가 나열한 이름들은 스코틀랜드 여왕인 불운한 메리의 동료들을 지칭하는 것으로 잘 알려진 「메리 해밀턴의 발라드」(「네 명의 메리의 발라드」라고도 함)를 암시하고 있다.

로 하염없이 비통해하고 있었습니다. 강물에는 하늘과 다리와 타오르는 나무들이 반사되고 있었는데 한 대학생이 노를 저어서 지나가자 투영되었던 상들은 다시금 아무 일 없었다는 듯 제 모습으로 돌아왔습니다. 그곳에 서라면 생각에 빠져 온전히 하루를 보낼 수도 있겠다는 생각이 들었습니다. 생각, 보다 그럴듯한 이름으로 칭해볼까요, 사색이 강물 속에 자신의 낚싯대를 드리웠습니다. 강물에 비친 그림자와 수초 사이에서 몇 분 동안 이리저리 흔들리던 낚싯대는 물에 몸을 맡긴 채 올라왔다 가라앉고는 했습니다. 그러다 마침내, 그 살짝 당겨지는 느낌 알죠? 그 느낌이 왔고 갑작스레 줄 끝에 생각의 복합체가 걸렸습니다. 그래서 조심스레 끌어당겨 살며시 꺼내보았어요. 아아, 풀 위에 놓인 그것, 나의 생각이라는 게 얼마나 작고 하찮게 보이던지요. 물고기에 비유해볼까요, 좋은 어부였다면 언젠가 요리해 먹을 수 있을 만큼 통통하게 자라 돌아오라고 다시 물에 놓아줄 만한 정도였습니다. 그 생각이 무엇이었는지, 그걸 지금 다뤄서 여러분을 번거롭게 하지는 않을게요. 다만, 신중하게 살펴본다면 내가 말하는 도중에 여러분이 직접 찾아낼 수도 있을 겁니다.

　　　하지만 아무리 작은 물고기라고 해도 그것은 나름의 신비한 속성을 갖고 있어서 나는 다시 마음속에 집어넣었고, 그러자 순간 아주 흥미롭고 중요한 것이 되어버렸습니다. 게다가 그 생각이란 것이 튀어 오르고 가라앉고 이리저리 휙휙 움직이고 출렁이고 요동치는 통에 가만히 앉아 있는 것이 불가능해졌어요. 그런 이유로 정신을 차리고 보니 어느새 몹시 빠른 걸음으로 잔디밭을 가로지르고 있었습니다. 그 순간 남자 형상 하나가 튀어나와 나를 막아섰습니다. 처음에는 정장 차림을 한 이 희한한 형태가 나를 겨냥하고 있다는 걸 알아채지 못했습니다. 그의 얼굴에는 경악과 분개함이 드러났어요. 이성보다는 본능이 도움이 되더군요. 그는 대학교 내의 직원이었고 나는 여자였습니다. 이곳은 잔디밭이었고 인도는 저쪽에 있었어요. 잔디밭은 대학 내의 연구원이나 학자들에게만 허용되었고 나에게 허용된 건 자갈길이었습니다. 이런 생각이 즉각적으로 떠올랐습니다. 내가 인도로 돌아오자 그는 팔을 내렸고 그의 얼굴에는 이내 평온함이 감돌았습니다. 물론 자갈길보다는 잔디밭이 걷기엔 더 낫긴 하지만 내가 엄청난 손해를 본 것도 아니니까요. 여기가 무슨 대학이든지 간에 내가 연구원들이나 학자들에게 물을 수 있는 책임은, 자기네 잔디를 보호하겠다는, 300년이나 쉬지 않고 이어져 내려온 그 방침이 내 작은 물고기를 다시 숨어버리게 했다는 겁니다.

나는 어떤 생각에 이끌려 대담하게 잔디밭을 가로질렀던 걸까요. 그 생각이 무언지, 이제는 기억해낼 수 없습니다. 평온한 마음이 마치 천국에서 내려온 구름처럼 다가왔습니다. 평온한 마음이 머무는 곳이 있다면, 그건 바로 화창한 10월의 어느 아침, 옥스브리지의 교정일 테니까요. 오래된 강당을 지나 대학 건물들 사이를 지나다 보니 지금의 성난 기분이 가라앉는 것 같았고, 몸은 아무 소리도 관통할 수 없는 신비스러운 유리관 안에 들어가 있는 것처럼 느껴졌습니다. 사실과 어떤 관계도 맺지 않은 마음은 (다시 잔디밭에 무단 침입하지만 않는다면,) 그 순간과 조화를 이루고 있는 어떤 상념에라도 내려앉을 만큼 자유로웠습니다. 운 좋게도 오래된 수필 하나가 떠올랐습니다. 찰스 램*이 긴 방학 중에 다시금 옥스브리지를 방문해 썼다는 수필이었습니다. 새커리**는 램이 보낸 편지 한 통을 이마에 붙이고 "성인 찰스여."라고 말했다고 해요. 사실, 이미 죽은 사람들 중에서 (그냥 생각나는 대로 말해보자면) 램은 나와 가장 마음이 통하는 사람이자, 그의 에세이를 어떤 방법으로 쓴 건지 말해달라고 묻고 싶은 사람 중 하나입니다. 맥스 비어봄***의 에세이가 완벽함에도 불구하고 나는 램의 에세이가 더 뛰어나다고 생각합니다. 거칠게 떠올랐다 사라지는 그의 상상력과 그 사이사이 갈라진 틈 사이로 빛을 발하는 천재성은 그의 수필에 결함과 불완전함을 남기지만, 그로 인해 그의 수필과 시는 더욱 빛나기 때문입니다. 램이 옥스브리지에 온건 아마 100년 전쯤일 것입니다. 분명히 그는 여기서 원고 상태인 밀턴****의 시 하나를 보고(제목이 생각나지 않네요)

VIRGINIA WOOLF

* 찰스 램(1775~1834): 영국의 수필가이자 시인. (옮긴이)

** 새커리(1811~1863): 윌리엄 새커리. 영국의 대표 작가. (옮긴이)

*** 맥스 비어봄(1872~1956): 영국 런던 출생의 풍자 화가, 수필가, 극평가. (옮긴이)

**** 존 밀턴(1608~1674): 셰익스피어에 버금가는 대시인으로 평가되는 영국 시인. 『실낙원』의 저자. (옮긴이)

에세이를 썼습니다. 아마 「리시다스」였을 텐데요, 램은 「리시다스」에 쓰인 어떤 단어든 본래의 것과 완전히 달라질 수도 있었다는 생각 자체가 너무나 충격적이라고 썼습니다. 밀턴이 시 안의 단어를 바꾼다는 생각만으로도 그에게는 일종의 신성모독이었겠지요. 그러자 내가 「리시다스」로 무얼 할 수 있는지 기억났고 나는 밀턴이 바꾼 단어는 무엇이었고, 왜 그랬을까를 추측하며 흥겨워졌습니다. 그러다 램이 본 바로 그 원고가 몇 배 미디 떨어지시 않은 곳에 있다는 것이 생각났고 그의 발자국을 따라 뜰을 가로질러 그 보물이 보관된 도서관으로 가볼 수도 있겠다는 생각이 들었습니다. 더군다나 이 계획을 시행하는 와중에, 새커리의 『에스먼드』 원고가 보관된 곳도 바로 이 유명한 도서관이라는 게 기억났습니다. 비평가들은 종종 『에스먼드』가 새커리의 가장 완벽한 소설이라고 평하곤 합니다. 하지만 내게는 18세기 방식을 모방해서 꾸며낸 것 같은 문체가 거슬렸던 기억이 납니다. 18세기 문체가 진정으로 새커리에게 자연스러운 게 아니었다면 말이지요. 그가 문체를 위해 개작을 한 것인지 아니면 의미를 위해 한 것인지는 원고를 살펴보면 증명할 수 있겠지요. 하지만 그러기 위해서는 무엇이 문체이고 의미인지 결정해야만 합니다. 그 질문이란─여기서 나는 도서관으로 들어가는 문 앞에 도착했습니다. 틀림없이 나는 문을 열었을 거예요, 왜냐하면 그 즉시 새하얀 날개 대신 검은 가운자락을 펄럭이는 수호천사 같은 은발의 친절한 신사 한 명이 나타나 앞을 가로막았거든요. 그는 저에게 돌아가라는 손짓을 하며 여자들은 대학의 연구원과 함께 오거나 소개장을 가지고 있어야만 도서관에 들어올 수 있다고 낮은 목소리로 유감을 표했습니다.

유명한 도서관이 한 여자에게 저주를 받았다는 사실쯤이야 도서관 측에서는 전혀 신경 쓸 일도 아닐 겁니다. 숭고하고 고요한 그곳은 자신들의 보물을 가슴에 소중히 안은 채로 만족스럽게 잠들어 있었고, 나에게는 영원히 그렇게 잠든 곳이 될 겁니다. 저 메아리들을 다시는 깨우지 않으리라, 다시는 그들에게 환대를 바라지도 않으리라, 분노에 차 계단을 내려오며 맹세했습니다. 오찬까지는 아직 한 시간이나 남았군요. 무슨 할 일이 있을까요? 들판을 거닐까요? 강가에 앉아 있을까요? 정말이지 아름다운 가을 아침이었고 나뭇잎들은 붉은 빛을 펄럭이며 바닥으로 떨어졌습니다. 무엇을 해도 그리 크게 힘들 게 없었지요. 그런데 음악 소리가 들려왔습니다. 어떤 예배나 행사가 시작될 참이었어요. 예배당 앞을 지나는데 오르간이 웅장한 소리로 불평을 늘어놓았습니다. 기독교의 비애조차 그 평화로운 공기 속에서는 슬픔 그 자체라기보다는 슬픔의 회상처럼 들렸습니다. 심지어 오래된 오르간의 신음 소리조차도 평화로움에 휘감겨 있는 것 같았어요. 그곳에 들어갈 권리가 있다고 해도 그럴 마음은 없었습니다. 이번에는 교회관리인이 아마 세례증명서나 주임 사제의 소개장을 보여달라며 나를 막아서겠지요. 그러나 이 놀랍도록 아름다운 건물들의 바깥쪽은 그 내부만큼이나 아름다웠습니다. 게다가 신도들이 벌집 입구에 모여 있는 벌들처럼 무리 지어 교회 문으로 드나드느라 분주해하는 모습을 보는 것도 충분히 흥미로웠습니다. 많은 사람들이 모자를 쓰고 가운을 입고 있었고, 어떤 이들은 어깨에 모피를 걸치고 있었고 휠체어에 탄 채로 옮겨지는 이들도 있었습니다. 아직 중년이 지나지 않았는데도 극도로 지치고 짓눌린 모양새가 너무나 확연해 수족관 안의 모래를 가로지르는데도 힘겨움을 느끼는 거대한 게와 가재가 연상되는 남자들도 있었습니다.

대학의 벽에 기대어 있어보니, 그 대학은 정말로 하나의 보호구역처럼 느껴졌습니다. 그 안에 보존된 희귀종들은 혹시라도 그들의 생존을 위해 스트랜드 거리로 나가 싸워야 한다면 그 즉시 아무 쓸모가 없어질 것같았습니다. 옛 사제장들과 교수들에 관한 이야기가 떠올랐지만 내가 휘파람을 불 용기를 끌어모으기도 전에 (전해지는 이야기에 따르면 휘파람 소리가 들리면 늙은 교수가 전속력으로 뛰어온다고 해요) 그 덕망 있는 신자들은 다시 안으로 들어갔습니다. 예배당의 건물만이 남았습니다. 여러분도 알다시피 예배당의 드높은 둥근 천장과 첨탑들은 마치 언제나 항해를 하면서도 결코 어느 곳에도 도달하지 못하는 돛단배와 같아서 밤에 불을 밝히면 아주 멀리 떨어진 언덕에서도 볼 수 있습니다. 짐작건대 이 매끄러운 잔디밭이 있는 뜰과 웅장한 대학 건물들, 예배당 자체도 과거에는 모두 잡초들이 물결치고 돼지들이 코를 들이대는 습지였을 겁니다. 수많은 말과 황소 떼를 몰아 먼 곳에서 수레에 돌을 실어 왔겠지요. 그런 다음 내가 지금 선 자리에 그늘을 만들고 있는 커다란 회색 건물은 셀 수 없을 만큼의 노동력을 기울여 하나씩 돌을 쌓아 올려 균형을 유지했을 겁니다. 그러면 도장공들은 창문에 끼울 유리를 날라 오고 석공들은 접착제와 시멘트, 삽과 흙손을 든 채로 수 세기 동안이나 매달려 있었겠지요. 토요일이 되면 누군가 가죽 지갑에서 금화와 은화를 꺼내 그들의 늙은 손에 부어주었을 겁니다. 그들도 어쩌다 한 번쯤은 마시고 놀 수 있게 말이지요. 수평을 맞추고 배수관을 넣고, 땅을 파고 물을 빼고, 계속해서 돌을 들여오고, 석공들이 일하게 하기 위해 끝없는 금화와 은화의 물결이 이 대학 안으로 흘러들었을 겁니다. 그러나 그때는 신앙의 시대였고, 견고한 기초 위에 이 돌을 쌓기 위한 돈이 후하게 쏟아졌지요. 그렇게 돌이 쌓이면, 이곳에서 찬송가를 부르고 학자들이 학생들을 가르칠 수 있도록 왕과 여왕, 귀족들의 돈궤에서는 더 많은 돈이 쏟아져 나와 이곳에 부어졌습니다. 토지가 부여되고 교구세가 걷혔습니다. 신앙의 시대가 끝나고 이성의 시대가 왔음에도 금과 은의 흐름은 여전히 똑같이 이어졌고 연구비가 지원되고 교수직 기금이 기부되었습니다. 다만, 이제 금화와 은화는 왕의 금고가 아니라, 산업을 통해 큰돈을 벌고 그걸 되돌려주기 위해 자신의 유언장에 그들이 기술을 배웠던 대학에 더 많은 의자와 교수자금, 더 많은 연구 지원금을 기부하라고 남긴 상인과 제조업자의 주머니에서 나왔습니다. 그리하여 도서관과 실험실, 관측소, 값비싸고 정교한 기구들이 마련됩니다. 몇 세기 전만 해도 풀들이 일렁이고 돼지들이 코를 박던 곳에 말이지요. 교내를 이리저리 거닐다 보니 확실히 거친 풀 위에 인도가 단단히 깔려 있는 모습이 금과 은의 토대가 충분히 깊숙이 자리한 것 같았습니다. 사람들이 머리에 쟁반을 이고 분주히 계단을 오르내리고 있었습니다. 창가 화단에는 만찬용 꽃이 활짝 피어 있었습니다. 안쪽 방들에서는 축음기를 통해 음악이 흘러나왔습니다. 떠오르는 상념을 막을 방법이 없었습니다. 그게 무슨 생각이었는지 모르겠지만 중단되고 말았습니다. 시계가 울렸습니다. 이제 오찬에 가야 할 시간이었습니다.

희한한 사실이 있는데, 소설가들은 거기서 누군가 했던 굉장히 재치 있는 말이나 현명한 행동으로 오찬 파티란 언제나 기억할 만한 자리라고 믿게 만드는 능력이 있습니다. 하지만 사실 그들은 무얼 먹었는지에 대해서는 거의 털어놓지 않아요. 수프와 연어, 오리 요리에 대해 언급하지 않는 건 소설가들의 일종의 관습입니다. 연어와 오리 요리가 전혀 대수로울 것 없다는 듯, 시가를 피운 사람도, 와인을 마신 이도 없었다는 듯 말이지요. 자, 하지만 저는 여기서 그 관습에 저항하는 자유를 누리고 이 행사의 오찬이 가자미 요리로 시작되었다는 것을 알려드리겠습니다. 깊은 접시에 담겨 나온 가자미 요리는 대학 요리사가 그 위에 새하얀 크림을 소복이 덮었는데 군데군데 사슴의 몸통 옆면 무늬 같은 갈색 반점이 드러나 있었습니다. 그다음으로는 자고새 요리였는데 혹시 접시 위에 털 빠진 갈색 새 두어 마리가 올라와 있었을 거라고 생각했다면 오산입니다. 이 요리는 톡 쏘는 맛과 달콤함이 느껴지는 온갖 소스와 샐러드를 대동하여 등장했는데 각각 순서에 맞춰 동전처럼 얇지만 딱딱하지 않은 감자와 과즙이 아주 촉촉한, 장미꽃봉오리처럼 잎을 펼친 양배추가 나왔습니다. 구이와 곁들임 요리들이 끝나자마자 조용히 서빙하던 대학 관리자는 한층 더 부드러운 태도로, 여러 번의 손동작으로 부풀린 설탕을 올린 정교한 디저트를 냅킨으로 감싸 우리 앞에 내어주었습니다. 그걸 푸딩이라 부르고 쌀, 타피오카 같은 것과 연관 짓는다면 그건 모욕일 겁니다.

그러는 사이 와인 잔들은 황금빛과 진홍색으로 채워졌다 다시 비워지기를 반복했습니다. 그렇게 척추의 중간쯤, 영혼이 머무는 곳에 차츰 불이 켜졌습니다. 즉흥적으로 우리 입술 사이로 들어갔다 튀어나오는 걸 재기라고 하는데, 이건 그런 작고 단단한 전기 불빛이 아닙니다. 이성적 교류가 이루어질 때 발산되는 풍부하고 노란 불꽃이었으며 보다 심오하고 미묘한, 땅속에서부

VIRGINIA WOOLF

터 피어오르는 불빛입니다. 서두를 필요 없습니다. 재치를 번뜩일 필요도 없어요. 다른 누군가가 될 필요도 없습니다. 그저 자기 자신이면 됩니다. 우리는 모두 천국에 가게 될 것이고, 반다이크*가 동반자가 되어줄 것입니다. 다시 말해, 질 좋은 시가에 불을 붙이며 창가에 자리한 푹신한 소파에 몸을 파묻고 있으면, 삶이란 얼마나 멋진 것인지, 삶이 주는 보상은 얼마나 달콤한지, 이런저런 불만과 유감스런 일들은 사소하게 여겨지고, 나와 비슷한 사람들과의 우정과 교류는 얼마나 값진 것인지 새삼 감탄하게 됩니다.

만일 운 좋게 재떨이가 손 닿는 데 있었더라면, 그래서 창밖으로 재를 떨지 않았더라면, 상황이 지금과 조금 달랐더라면, 창밖의 꼬리 없는 고양이는 보지 못했을 겁니다. 뜰을 가로질러 어슬렁거리는 꼬리 없는 동물의 갑작스러운 광경에 요행히도 잠재의식에 깔려 있던

---

* 안토니 반다이크(1599~1641): 바로크 미술을 대표하는 네덜란드의 화가이자 동판화가. 영국 화단에 결정적인 영향을 끼친 17세기의 주요 화가. (옮긴이)

지성이 발동하여 나에게 정서적 불이 들어오게 했습니다. 마치 누가 그늘을 드리운 것 같았어요. 어쩌면 훌륭한 포도주의 취기가 빠지고 있던 걸지도 모르겠습니다. 마치 세계에 대해 궁금한 게 너무 많다는 듯 잔디 한가운데 멈춰 선 맹크스 고양이*를 보고 있노라니 확실히 무언가 빠진 것 같고 다르게 보였습니다. 하지만 뭐가 결핍되고 뭐가 다른 걸까요? 나는 사람들의 대화를 들으며 자문했습니다. 그리고 그 물음에 답하기 위해서는 방을 나가 과거로, 확실히 전쟁 이전으로 거슬러 올라가 여기서 그리 멀지 않은 방들에서 열렸던, 하지만 지금과는 달랐던 오찬 파티들을 떠올려 보아야 했습니다. 그곳은 모든 것이 달랐습니다. 파티 내내 손님들 간에는 대화가 계속되었습니다. 손님들의 수는 많았고 대체로 젊었습니다. 이런저런 성별이 섞인 채로 대화는 순조롭고 유쾌하게 이어졌습니다. 그러는 동안 과거에 이루어졌던 대화를 배경으로 놓고 두 대화를 비교해보니, 하나가 다른 하

VIRGINIA WOOLF

* Manx cat: 꼬리가 없고 털이 짧은 품종의 고양이.

나를 적법하게 계승하는 후예라는 데는 의심의 여지가 없었습니다. 바뀐 건 아무것도 없었습니다. 무엇도 달라지지 않았어요. 다만, 여기서 나는 사람들의 말을 듣기 위해 신경을 곤두세우고 귀를 기울여 그 이면의 웅얼거림이나 분위기의 흐름을 들었습니다. 맞아요, 바로 그거였어요. 변화는 바로 거기에 있었습니다. 전쟁 이전에도 이런 오찬 파티에서 사람들은 완전히 똑같은 걸 말했겠지만 다르게 들렸을 거예요. 왜냐하면 그 시절에는 콧노래 소리 같은 것이 늘 함께했으니까요. 또렷한 소리는 아니지만 음악적이고 흥이 나는, 그 자체로 말의 가치를 달라지게 하는 것 말이지요. 말로 흥얼거림을 표현할 수 있을까요? 아마도 시인들의 도움이 있다면 가능하겠지요. 나는 무심코 내 옆에 놓여 있던 책을 들어 테니슨*의 시를 펼쳤습니다. 테니슨은 이렇게 노래하고 있었습니다.

아름다운 눈물이 떨어졌네,

* 알프레드 테니슨(1809~1892): 영국 빅토리아 시대의 대표적인 시인. (옮긴이)

문가의 시계꽃에서.

그녀가 오고 있네, 나의 비둘기, 나의 연인.

그녀가 오고 있네, 나의 생명, 나의 운명.

붉은 장미가 소리치네, '그녀가 오고 있어, 가까이 오고 있어.'

하얀 장미가 흐느끼네, '그녀는 늦었어.'

델피늄이 귀 기울이네, '듣고 있어, 내가 듣고 있어.'

백합이 속삭이네, '나는 기다리고 있어.'*

VIRGINIA WOOLF

전쟁 전 오찬에서 남자들이 흥얼거리던 게 바로 이것이었을까요? 그러면 여자들은 무얼 흥얼거렸을까요?

나의 마음은 노래하는 새,

둥지는 물오른 가지에 있네.

나의 마음은 한 그루의 사과나무,

가지는 풍성한 과일로 휘어져 있네.

나의 마음은 무지개 조개,

* 알프레드 테니슨, 「모드」 part1, 22부.

평온한 바다에서 노 저어 가네.

나의 마음은 이 모든 것보다 기쁘다네,

나의 사랑이 내게 다가오니.*

이 노래가 전쟁 전 여자들이 흥얼거리던 것일까요?

전쟁 전의 오찬 파티에서 사람들이 낮은 소리로나마 그런 걸 흥얼거렸을 거라는 터무니없는 생각에 웃음이 터져 나왔고, 나는 맹크스 고양이를 가리키며 그것 때문에 웃었다고 둘러대야 했습니다. 꼬리가 없는 채로 잔디 한가운데 있는 모습이 약간 우습고 불쌍해 보이긴 했으니까요. 처음부터 그렇게 태어난 걸까요, 아니면 사고로 꼬리를 잃은 걸까요? 맨섬에 실제로 그런 고양이가 있다고 말하는 사람들도 있지만 꼬리 없는 고양이는 생각보다 희귀합니다. 아름답다기보다는 희귀하다고 할 만한 묘한 고양이에요. 꼬리가 만드는 차이가 참 미묘합니다. 사람들이 자기 옷과 모자를 찾을 때 으레 하는

* 크리스티나 로제티(1830~1894), 「생일」

말은 다 알 거예요, 그렇게 오찬 파티가 끝났습니다.

　　　　이번 오찬은 주인의 환대 덕에 오후 늦게야 끝이 났습니다. 아름다운 10월의 낮이 저물어가고 가로수 길의 나무에서는 나뭇잎이 떨어지고 있었습니다. 내 뒤로 커다란 문이 하나씩 부드럽게, 마지막을 고하며 닫히는 것 같았습니다. 수많은 대학 관리인들이 잘 기름칠된 무수히 많은 자물쇠에 열쇠를 끼우고 있었고, 보물의 집은 또 하룻밤을 위해 안전을 기하고 있었습니다. 가로수 길을 나오자 이름은 기억나지 않지만 어떤 도로가 나왔고, 그곳에서 길을 제대로 들어선다면 퍼넘으로 이어집니다. 하지만 시간은 충분했습니다. 저녁 만찬은 7시 반은 되어야 시작할 테니까요. 그런 오찬을 먹은 뒤에는 사실 저녁을 먹지 않아도 괜찮습니다. 시 한 구절이 떠올랐고, 신기하게도 다리가 박자에 맞춰 길을 따라 움직였습니다. 노랫말은 이랬습니다.

아름다운 눈물이 떨어졌네,

문가의 시계꽃에서.

그녀가 오고 있네, 나의 비둘기, 나의 연인—

헤딩리를 향해 잰 발걸음을 옮기는 동안 내 혈
관을 흐르던 노래입니다. 그런 다음, 다른 박자에 맞추
어, 강둑 가장자리 거품이 이는 곳에 서서 노래했습니다.

나의 마음은 노래하는 새,

둥지는 물오른 가지에 있네.

나의 마음은 한 그루의 사과나무—

해가 져 어둑해질 무렵 사람들이 으레 그러하
듯 나는 큰 소리로 외쳤습니다. 대단한 시인들이야, 정말
이지 대단한 시인들이야!

일종의 질투심으로, 우리 세대와 이런 비교를
하는 게 어리석고 우스꽝스럽다고 생각하면서도 과거
의 테니슨과 크리스티나 로제티만큼 엄청난 시인을 현
존하는 이들 중에 단 두 명이라도 댈 수 있을지 궁금해졌

습니다. 거품이 이는 물결을 바라보며 그들과 비교하는 것은 명백히 불가능하다고 생각했습니다. 그 시들이 사람들에게 모든 걸 버려도 좋을 만큼 황홀한 기쁨을 주는 이유는, 전쟁 이전의 오찬 파티에서 갖곤 하던 느낌을 그 시들이 축복하고 있어서, 지금의 감정이 무엇인지 확인하려 들거나 다른 감정과 비교하려 애쓰지 않아도 편안하고 친근하게 반응할 수 있기 때문일 것입니다. 하지만 현존하는 시인들은 바로 지금 실제로 만들어지고, 우리에게서 뜯겨져 나가는 감정들을 표현합니다. 사람들은 처음에는 그걸 인지하지 못하고, 어떤 이유에선지 종종 두려워하기도 합니다. 그러고는 날카로운 눈으로 관찰하고, 질투와 의혹을 품은 채 이전에 알고 있던 감정들과 비교하지요. 때문에 현대시는 어려움을 겪습니다. 그리고 바로 이런 어려움 때문에 아무리 좋은 현대시라도 두 줄 이상의 시구를 기억할 수 없습니다. 기억하지 못한다는 이유 때문에 그 논의는 자료가 부족해서 시들해지고 맙니다. 하지만 왜일까, 어째서일까요, 나는 헤딩리를 향해 가면서 계속 생각했습니다. 우리는 왜 오찬 파티에서 나직이 흥얼거리던 것을 멈추었을까? 어째서 알프레드는 이런 노래를 그만두게 되었을까?

그녀가 오고 있네, 나의 비둘기, 나의 연인.

　　크리스티나는 왜 화답하기를 멈추었을까?

나의 마음은 이 모든 것보다 기쁘다네,
나의 사랑이 내게 다가오니.

　　전쟁에 책임을 돌려야 할까요? 1914년 8월, 총포가 발사되었을 때, 남자들과 여자들은 서로에게 너무나 있는 그대로의 모습을 보였고 그 때문에 로맨스가 죽게 된 걸까요? 포격의 빛 속에서 통치자들의 얼굴을 보는 건 분명 충격이었습니다. 특히나 교육과 그 밖의 것에 환상을 가지고 있던 여자들에게는 더욱 그랬지요. 그들의 모습은 독일인, 영국인, 프랑스인 할 것 없이 추하고 우둔해 보였습니다. 하지만 그 책임을 어디에 두든 누구에게 돌리든, 연인이 다가온다는 사실에 그렇게나 열정적으로 노래할 수 있도록 테니슨과 로제티에게 영감을 준 환상은 그때에 비해 지금은 확연히 드물어졌습니다. 이제는 오직 읽고 보고 듣고 기억할 것밖에 남지 않았습니다. 그런데 왜 '책임'이라고 말하죠? 만일 그게 환상이었다면, 그게 무엇이었든 간에 환상을 파괴하고 그 자리에 진실을 가져왔다면 어째서 그 참사를 찬양하지 않는 거죠? 왜냐하면 진실은… 이 말줄임표는 내가 진실을 탐구하느라 퍼넘으로 빠지는 길을 지나쳤다는 의미입니다. 그래요, 정말이지 어느 것이 진실이고 어느 것이 환상일까요? 나는 스스로에게 물어보았습니다. 예를 들어, 여기 이 집들은, 지금은 어둑어둑한 가운데 석양을 받아 창문이 붉게 타올라 마치 축제를 벌이는 모습이지만, 아침 9시에는 군것질거리와 구두끈이 드러난 번잡하고 벌건 날것의 모습을 드러내는데 무엇이 진실일까요? 버드나무와 강, 강을 따라 이어진 정원들도 마찬가지입니다. 지금은 그 너머로 안개가 드리워 희뿌옇게 보이지만 햇빛을 받으면 황금빛, 붉은빛을 발할 텐데, 어느 것이 진실이고 어느 것이 환상인 걸까요? 이런 배배 꼬이고 이랬다저랬다 하는 나의 고민을 여러분은 겪지 않도록 하겠습니다. 헤딩리로 가는 길 도중에는 결론에 도달할 수 없으니까요. 내가 중간에 길을 잘못 들었다는 걸 곧 알아차리고 퍼넘으로 길을 돌렸다고 생각해주길 바랍니다.

　　10월의 어느 날이라는 건 이미 말했지요? 그러니 갑자기 계절을 바꾸고 담벼락에 라일락이 늘어지고 크로커스니 튤립 같은 봄의 꽃들이 핀 장면을 묘사하지는 않겠습니다. 감히 여러분의 존경을 잃고 픽션이라는 아름다운 이름을 위태롭게 할 수는 없으니까요. 픽션은 사실을 고수해야만 하고 그 사실이 진실에 가까울수록 더 나은 픽션이 된다고, 우리는 들어왔습니다. 그러니 여전히 가을이고 노란 나뭇잎들은 아직도 떨어지고 있습니다. 어쩌면 전보다 약간 더 빨리 떨어지고 있어요. 이제 저녁 시간(정확히는 7시 23분입니다)이고 선선한 바람(정확히는 남서쪽에서 불어오는 바람)이 불어오기 시작했거든요. 하지만 이 모든 것에도 불구하고 뭔가 이상한 점이 있었습니다.

나의 마음은 노래하는 새,

둥지는 물오른 가지에 있네.

나의 마음은 한 그루의 사과나무,

가지는 풍성한 과일로 휘어져 있네—

이런 환상—네, 이건 당연히 환상일 뿐입니다—을 떠올리다니, 아마 크리스티나 로제티의 시구에 그 책임이 있을 겁니다만, 정원 담에 꽃잎이 흩날리고 유황나비는 이리저리 쏘다니며 꽃가루를 공중에 흩뿌렸습니다. 한 줄기 바람이 불어왔어요, 어디서 왔는지는 알 수 없었지만 반쯤 자란 나뭇잎들이 공중으로 떠올라 허공에서 은회색으로 반짝였습니다. 그 반짝이는 빛 사이에 틈이 생겼습니다. 색깔들이 더욱 강렬해지고 쉽게 격앙되는 심장박동처럼 보랏빛과 황금빛이 불타오를 때, 세계의 아름다움이 드러났지만 어떤 이유에선지 곧 소멸되어 버릴 때, (나는 여기서 정원을 맞닥뜨렸는데, 부주의하게도 문이 열린 채였고 주위에는 학교 관리자가 보이지 않았습니다) 그 이내 소멸될 세계의 아름다움은 양날을 가지고 있었는데, 하나는 웃음이었고 또 하나는 심장을 산산조각 내는 비탄이었습니다. 봄날, 땅거미가 지는데 퍼넘의 정원이 내 앞에 거칠게 활짝 드러나 있고, 길게 자란 잔디 사이에는 수선화와 초롱꽃 들이 흩뿌려진 듯 무심히 펼쳐져 있었습니다. 한창 시절에도 아마 정돈된 적은 없었을 그곳은 지금도 바람이 불어와 그 뿌리를 잡아당길 듯이 흔들고 있었습니다. 부드러운 물결 무늬를 이루고 있는 붉은 벽돌 건물의 벽에는 마치 배의 창문처럼 곡선으로 창이 나 있고, 거기에 봄날의 구름이 재빨리 흘러가며 레몬색에서 은색으로 바뀌는 것이 비쳤습니다. 누군가 해먹에 누워 있었어요. 또 누군가는, 이런 불빛 아래서는 반쯤은 보이고, 반은 추측만이 가능한 그저 환영처럼 보이는 누군가는 풀밭을 가로질러 달렸습니다. 아무도 그녀를 막지 않으려나요? 그리고 테라스에 공기를 들이마시고 정원을 훑어보러 나온 듯 등이 굽은 형체가 나타났습니다. 넓은 이마에 허름한 옷을 입고 있는 그녀는 강렬하면서도 겸손한 모습이었습니다. 혹시 그 유명한 철학자일까요? J—H—*, 그녀가 맞는 걸까요? 모든 게 흐릿했지만 또한 강렬했습니다. 마치 어둠이 정원에 펼쳐놓은 휘장을 별이나 칼로 갈기갈기 찢은 것 같은 그것은 봄의 심장에서 튀어나온 어떤 끔찍한 현실의 번쩍임이었지요. 왜냐하면 젊음이란—

제 앞에 수프가 나왔습니다. 큰 식당에는 저녁 만찬이 차려지고 있었습니다. 봄과는 거리가 먼, 실은 10월의 저녁이었습니다. 모두가 커다란 식당에 모였습니다. 저녁 만찬이 준비되었습니다. 수프가 나왔습니다. 평범한 육즙 수프였습니다. 그 안에는 마음을 끌어 휘저어볼 만한 것은 전혀 들어 있지 않았습니다. 멀건 수프 아래로 접시에 새겨진 문양이 보일 정도였습니다. 하지만 접시에는 아무 문양이 없군요. 접시마저 평범했습니다. 이어 푸른 채소와 감자를 곁들인 소고기가 나왔는데, 이 소박한 삼위일체를 보자 진흙탕 위에 들어선 시장 바닥에 몰려 있는 소 떼의 엉덩이와 잎 끝이 말리고 노랗게 뜬

* 제인 해리슨(1850~1928): 문화 인류학자이자 고전학자. 프로이트 정신분석학을 대중화했고 울프가 몹시 존경했던 인물로 1928년 4월에 생을 마감했다.

양배추, 흥정하고 값을 깎는 사람들의 모습, 그리고 월요일 아침 장바구니를 멘 여인들이 떠올랐습니다. 제공된 양도 충분했거니와 탄광 인부들이라면 이보다 못한 대접을 받으리라는 사실을 알고 있기에 인간이 일상적으로 먹는 음식에 불평할 이유는 없었습니다. 이어 서양자두와 커스터드가 나왔습니다. 아무리 커스터드가 보완을 한다 해도, 누군가 서양자두란 인정머리 없는 채소라고(과일이 아니라), 80년 동안이나 와인과 따뜻한 음식을 거부하면서도 가난한 이들에게 여전히 내어줄 마음이 없는 구두쇠의 심장처럼 질깃하고, 그들의 혈관에서 흐를 것 같은 그런 액체가 배어 나온다고 불평을 한다면, 그마저도 기꺼워하며 받아들일 사람들이 있다는 것을 떠올려야 합니다.

　　다음으로 비스킷과 치즈가 나왔고 이어 물병이 자유로이 오갔는데, 그건 비스킷이 가진 속성인 퍽퍽함 때문이었고, 비스킷이란 본래 그런 음식이지요. 그게 전부였습니다. 식사가 끝났습니다. 모두가 의자를 뒤로 뺐고 회전문은 거칠게 앞뒤로 여닫혔습니다. 곧 식당

안의 음식은 남김없이 치워졌고 다음 날 아침 식사를 위한 정리가 끝났습니다. 아래층 복도와 위층 계단에서 영국의 젊은이들이 쾅 소리를 내며 문을 드나들고 노래를 부르고 있었습니다. 초대된 손님, 혹은 방문객 입장에서 (퍼넘이라고 해서 트리니티, 서머빌, 거턴, 뉴넘, 크라이스트처치 같은 대학들에 비해 내게 더 많은 권리가 있는 것도 아니니) "저녁 식사가 별로였어요."라거나 "우리 둘만 (메리 시턴과 나는 지금 그녀의 응접실에 앉아 있거든요) 여기서 따로 식사를 해도 될까요?"라고 물을 수 있을까요? 무엇이든 간에 그런 종류의 말을 하기 위해서는, 방문객을 그렇게 대할 수 있는 흥겨움과 용기를 지닌 그 집의 비밀스러운 경제 사정을 캐묻고 조사했어야 했을 겁니다. 아니요, 그런 말을 할 수 있는 사람은 없어요. 실제로 대화가 잠시 시들해졌습니다. 인간이란 틀은 마음과 몸, 두뇌가 각각 부분별로 나뉘어 담겨 있는 게 아니라 뒤섞여 있습니다. 그건 앞으로 백만 년 후에도 그럴 테고요. 때문에 훌륭한 저녁 식사는 훌륭한 대화를 위해서는 굉장히 중요합니다. 제대로 된 식사를 하지 못하면 제대로 생각할 수도, 사랑할 수도, 잘 수도 없습니다. 척추의 등불은 소고기와 서양자두로는 켜지지 않습니다. '어쩌면' 우리 모두 천국으로 갈 수도 있고, '바라건대' 다음 모퉁이를 돌면 반다이크가 우릴 만나기 위해 있어줄 수도 있겠지요. 하지만 하루 일과 끝에 맞이하는 소고기와 서양자두는 그 틈새에 모호하고 애매한 마음의 상태를 가져옵니다. 다행히 여기서 과학을 가르치는 내 친구가 찬장에 땅딸막한 술병 하나와 유리잔을 가지고 있어 우리는 불가로 의자를 끌어당겨 앉아 그날의 일상에서 받은 상처를 메울 수 있었습니다. 일이 분 지났을까, 우리는 호기심과 흥미를 불러일으키는 대상들을 안팎으로 자유로이 드나들며 술을 홀짝이고 있었습니다. 그것들은 특정 대상이 없을 때 마음에서 만들어졌다가 다시 함께하게 되면 자연스럽게 이야기되는 것들이지요. 가령 누가 결혼을 했고 누구는 안 했고, 이 사람은 이렇게, 또 다른 사람은 저렇게 생각한다더라, 누구는 지식을 쌓아 발전했고, 다른 대부분의 사람들은 놀랍게도 타락했더라, 하는 것들입니다. 대화의 시작부터 자연스럽게 불쑥 터져 나와 인간 본성과 우리가 사는 놀라운 세상의 특징을 기반으로 짐작할 수 있는 것들 말입니다. 그런 이야기를 듣는 사이 부끄럽게도 나는 추측 안에서 현재의 모든 상황을 그것의 끝을 향해 몰고 간다는 것을 자각했습니다. 누군가는 스페인이나 포르투갈에 대해, 또는 책이나 경주마에 대해 이야기할 수 있겠지만 우리가 나눈 진짜 흥미로운 이야기는 정작 그것들이 아니라, 대략 5세기 이전에 높은 지붕 위에서 일하던 석공들의 모습이었습니다. 왕과 귀족들은 보물을 큰 자루에 담아 와 땅속에 부어버렸습니다. 이 장면은 내 마음속에서 끊임없이 되살아나 또 다른 여윈 암소와 진흙밭의 시장, 시들어빠진 채소들과 노인들의 질깃한 심장옆에 자리했습니다. 이 두 그림은 아무 연관도 없는 터무니없는 조합이었지만 끊임없이 되살아나 서로 다투며 나를 완전히 사로잡았습니다. 우리가 나눈 이야기들을 왜곡하지 않는 선에서 내가 할 수 있는 가장 좋은 방법은 내 마음에 떠오른 무언가를 공중으로 표출해내는 것이었습니다. 운이 좋다면 그 생각은 윈저 궁에서 관을 열자 나타난 죽은 왕의 머리처럼 차츰 옅어지다 부서지

겠지요. 그래서 나는 시턴 양에게 간단히 말했습니다. 수백 년 동안 대학 교회당 지붕 위에서 일해온 석공들에 대해, 어깨에 금은 자루를 지고 와 땅속에 부어버린 왕과 여왕, 귀족들에 대해, 그리고 지금 우리 시대에는 거물 재력가들이 수표와 채권을 어떻게 내려놓는지에 대해서요. 아마도 다른 이들은 그곳에 금괴와 다듬지 않은 금덩어리들을 내려놓겠지요. 저기 있는 대학들의 아래에 그 모든 것이 깔려 있다고 나는 말했습니다. 하지만 이 대학, 우리가 지금 앉아 있는 이곳은, 이 용맹한 빨간 벽돌과 다듬지 않아 제멋대로 자란 정원의 풀들 아래엔 무엇이 있나요? 우리가 저녁 식사에 쓴 그 평범한 접시(이 말이 튀어나와 막을 수가 없었습니다) 뒤에는, 그 소고기와 커스터드, 그리고 서양자두 이면에는 어떤 힘이 있는 걸까요?

"글쎄요." 메리 시턴 양이 입을 열었습니다. "1860년쯤에, 맞다, 무슨 일이 있었는지 알고 있잖아요?" 그녀는 장황한 설명에 따분함을 느낀 것 같았어요. 그러곤 내게 말해주었습니다. "방을 빌리고 위원회가 열렸어요. 봉투에 주소를 적고 안내문을 만들었지요. 회의

가 열렸고 답장들을 읽었어요. 아무개 씨는 아주 큰 금액을 약속했어요. 반면에 또 다른 남자분은, 한 푼도 주지 않겠다고 했지요. 「새터데이 리뷰」는 대단히 무례했어요. 우리가 사무실 임대료를 낼 기금을 어떻게 마련할 수 있나요? 자선 바자회를 열까요? 맨 앞줄에 앉힐 예쁜 소녀를 찾을 수는 없을까요? 존 스튜어트 밀*이 그 주제에 대해 뭐라고 했는지 같이 찾아봐요. 누가 편집장에게 편지를 인쇄해달라고 설득할 수 있을까요? 귀부인을 구할 순 없을까요, 서명을 해줄 수 있는? 그 귀부인은 런던 밖에 있다고 해요. 아마도 이건 60년 전에 일이 이루어진 방식일 거예요. 엄청난 노력과 막대한 시간이 들었죠. 그렇게 오랜 고군분투와 극한의 어려움을 겪은 후에라야 그들은 3만 파운드를 얻을 수 있었어요.** 그러니 우

VIRGINIA WOOLF

---

* 존 스튜어트 밀(1806~1873): 영국의 사회학자이자 철학자. (옮긴이)

** "우리는 적어도 3만 파운드를 구해야 한다고 들었습니다… 이건 그리 큰 금액은 아닙니다. 대영제국과 아일랜드, 식민지들 안에 이런 대학이 하나밖에 없고, 남학생 학교를 위한 막대한 기금이 그렇게 손쉽게 마련된다는 걸 생각하면 그렇지요. 하지만 여자들이 교육받기를 바라는 사람이 거의 없다는 걸 생각하면 그건 상당히 큰 금액입니다." _레이디 스티븐, 「에밀리 데이비스의 생애와 거턴 대학」

리가 와인과 새고기 요리, 머리에 철 쟁반을 든 하인들을 누릴 수 없는 건 분명한 일이지요." 그녀는 말했습니다. "우리는 소파도 독립된 방도 가질 수가 없어요. 편리한 것들은 앞으로 더 기다려야만 하지요."* 그녀는 어느 책에선가 인용하면서 말했습니다.

그 모든 여성들이 그렇게 일하고도 해마다 2천 파운드를 모으는 게 힘들다는 것, 3만 파운드를 구하기 위해서는 그녀가 할 수 있는 모든 일을 해야만 한다는 사실을 떠올리며 우리는 우리의 성별이 가진 비난받아 마땅할 가난에 대해 경멸을 터뜨렸습니다. 우리의 어머니들은 대체 무얼 하고 있었기에 우리에게 남겨줄 재산이 없던 걸까요? 콧잔등에 분을 바르고 있었을까요? 가게 진열장을 들여다보고 있었을까요? 몬테 카를로의 태양 아래서 관능미를 과시하고 있었을까요? 벽난로 위 선반에 사진이 몇 장 있더군요. 메리의 어머니는—혹여 저게

---

* "긁어모을 수 있는 돈은 한 푼이라도 모두 모아 건물을 짓는 데 확보해두었고, 편리한 시설들은 뒤로 미루어져야만 했다." _R.스트레이치, 『대의』

그녀의 사진이라면—여가 시간을 허비했을 수도 있지만 설령 그렇더라도, 그녀의 즐겁고 낭비하는 생활은 그녀의 얼굴에 거의 아무런 흔적을 남기지 않았습니다. 그녀는 가정적인 모습이었어요. 카메오 브로치로 고정시킨 체크무늬 숄을 두른 노부인이 스패니얼 개가 카메라를 보도록 하면서 버들가지로 짠 의자에 앉아 있었지요. 셔터를 누르는 순간 그 개가 움직일 거라는 확신으로 재미있어하면서도 한편으로 긴장된 표정이었습니다. 이제 볼까요, 이런 그녀가 만일 사업에 뛰어들었다면 어땠을까요? 인조실크 제조업자나 증권거래소의 거물이 되었다면요? 그녀가 퍼넘에 2만 혹은 3만 파운드를 기증했더라면 우리는 오늘 밤 아무 걱정 없이 앉아 있었을 것이고 대화의 주제는 고고학, 식물학, 인류학, 물리학, 원자의 성격, 수학, 천문학, 상대성이론, 지리학에 이르렀을 겁니다. 만일 시턴 부인과 그녀의 어머니, 그 어머니의 어머니가 그들 아버지와 그 아버지의 아버지가 했던 것처럼 돈 버는 대단한 기술을 배워 돈을 남겼다면 어땠을까요? 자신들의 성씨를 사용하도록 연구원 기금, 강사

VIRGINIA WOOLF

기금, 상금, 장학금을 설립할 돈을 남겼다면 말이에요. 그랬다면 우리는 이곳에서 따로 새고기 요리와 와인 한 병으로 꽤 괜찮은 식사를 할 수 있었을 겁니다. 후한 기부를 받은 전문 직종의 하나를 은신처로 삼아 쾌적하고 명예롭게 사는 것을 과한 바람이라 생각하지 않고 기대할 수 있었을 겁니다. 탐험을 할 수도, 글을 쓸 수도 있었겠지요. 이 땅 위의 숭엄한 장소들을 목적 없이 돌아다닐 수도 있고, 파르테논 신전의 계단에 앉아 생각에 잠길 수도 있고, 또 아침 10시에 사무실에 나갔다 오후 4시 반이면 편안히 집으로 돌아와 시 한 편을 쓸 수도 있었을 거예요. 하지만 만일 시턴 부인, 그리고 그런 부인들이 열다섯 살의 나이에 사업에 뛰어들었더라면—이게 이 논의의 문제입니다만—메리는 태어나지 못했을 겁니다. 그 점에 대해 메리는 어떻게 생각하는지, 나는 물었습니다. 커튼 사이로 10월의 밤이 보였습니다. 노랗게 물든 나무들 사이로 별이 한두 개 걸린, 고요하고 아름다운 밤이었지요. 그녀는 포기할 준비가 되었을까요? 지치지도 않고 늘 칭찬해 마지않던 청명한 공기와 맛 좋고 훌륭한 케이크가 있던 스코틀랜드에서 함께 놀고 다투었던 그녀의 기억들(식구가 많긴 했지만 행복한 가정이었으니까요)과 그녀만의 추억을, 펜대를 한번 획 놀려 쓴 걸로 퍼넘이 5만 파운드가량의 기부금을 받도록 하기 위해 포기할 준비가 되었을까요? 그야, 대학에 기부금을 내기 위해서는 가족의 수를 줄이는 것은 불가피했을 테니까요. 큰돈을 벌면서 열세 명의 아이를 낳는 것, 그걸 해낼 수 있는 인간은 없습니다. 이런 사실을 고려해보자고 우리는 말했습니다. 우선, 아기를 낳기 전에 아홉 달이 필요합니다. 그다음에 아기가 태어나죠. 그러고 나면 아기를 먹이는 데 서너 달을 씁니다. 그렇게 먹이고 나선 그 아이와 놀아주는 데 족히 5년이 소요됩니다. 아이들을 그냥 길거리에서 뛰어다니게 둘 수는 없을 테니까요. 러시아에서 그렇게 애들이 거칠게 뛰어다닌 걸 본 사람들은 그다지 유쾌한 광경은 아니었다고 말합니다. 또 인간의 성격은 한 살에서 다섯 살 사이에 자리를 잡는다는 말도 하지요. 내가 말했듯, 만일 시턴 부인이 돈을 벌고 있었다면 그녀가 형제들과 함께 놀고 다투었던 기억을 가질 수 있었을까요? 스코틀랜드의 그 청명한 공기와 케이크와 그 밖의 모든 것들에 대해 알 수 있었을까요? 하지만 이런 질문을 하는 건 참 쓸모없습니다. 왜냐하면 그랬다면 당신은 아예 존재하지도 않았을 테니까요. 거기다 시턴 부인과 그녀의 어머니, 또 그 이전의 어머니들이 막대한 재산을 모아 대학과 도서관의 초석 아래 기부했다면 어땠을까, 라는 질문 역시 무익합니다. 왜냐하면 첫째로, 그들은 돈을 버는 게 불가능했고 둘째, 그게 가능했다 하더라도 번 돈을 그들이 소유할 수 있는 권리가 법적으로 허락되지 않았기 때문입니다. 시턴 부인이 자신의 돈을 한 푼이라도 가질 수 있게 된 건 겨우 48년밖에 되지 않았습니다.* 그 이전 수백 년 동안은 모든 재산이 남편의 것이었습니다. 아마도 이런 생각이 시턴 부인과 그녀의 어머니들을 증권거래소에서 멀어지게 하는 데 한몫했을 겁니다. 그들은 이렇게 말했을 거예요. "내가 버는 돈은 동전 하나까지도 빼

---

* 영국에서 결혼한 여성들이 자신의 재산을 소유할 수 있다는 내용의 '기혼여성재산법 (Married Women's Property Acts)'이 통과된 것을 말한다.

앗길 것이고, 남편의 지혜로운 결정에 따라 아마 베일리얼이나 킹스 대학의 장학 기금 설립이나 연구 기금 기부에 쓰일 거야. 그러니 설령 내가 돈을 벌 수 있다고 해도그 일은 내게 그다지 흥미로운 사안이 아니야. 남편 몫으로 남겨두는 게 낫지."

하여튼, 스패니얼 개를 보고 있는 노부인에 대해 비난의 여지를 두건 그렇지 않건, 여러 이유로 인해우리의 어머니들이 자신들의 일을 대단히 심각하게 잘못 관리해왔다는 것에는 의심의 여지가 없습니다. '편리한 것들'을 위해 단 한 푼도 빼놓을 수가 없었으니까요.새고기 요리와 와인, 대학 관리자들과 잔디밭, 책과 시가, 도서관과 여가 같은 것들을 위해서 말입니다. 헐벗은땅 위에 헐벗은 벽을 세우는 것이 그들이 할 수 있는 최선의 일이었습니다.

그리하여 우리는 창가에 서서 수천 명의 사람들이 매일 밤 내려다보듯이, 우리 아래에 있는 유명한 도시의 둥근 지붕과 탑들을 내려다보며 이야기를 나누었습니다. 가을밤 달빛 속에서 그것은 몹시 아름답고 신

비로웠습니다. 그 오래된 돌은 새하얗고 유서 깊은 모습
이 인상적이었지요. 저 아래 모여 있는 모든 책들과, 나
무 패널로 장식한 방 안에 걸려 있는 성직자들과 명사들
의 사진들, 보도 위로 이상한 구체와 초승달 문양을 투과
시키는 채색된 창문들, 기념패와 기념비, 비문들, 분수와
잔디밭, 고요한 사각 안뜰이 내다보이는 조용한 방들을
생각했습니다. 그리고 (이런 생각을 하는 걸 이해해주길 바랍니다)
감탄이 절로 나오는 담배와 술, 푹 꺼지는 안락의자와 기
분 좋은 카펫을 생각했습니다. 사치와 개인주의와 공간
이 어우러져 만들어낸 이 세련됨, 쾌적함, 품위에 대해서
도요. 분명 우리의 어머니들은 이것과 견줄 만한 그 어떤
것도 우리에게 주지 못했습니다. 3만 파운드를 긁어모
으는 게 어렵다는 걸 깨달은 우리의 어머니들, 세인트 앤
드루스에서 목사들에게 열세 명의 자식들을 낳아준 우
리의 어머니들은 그랬습니다.

　　　그래서 나는 내 숙소로 돌아갔고, 어두운 거리
를 걸어가는 동안 하루 일을 마친 사람들이 그러하듯 이
런저런 것들을 곰곰이 생각했습니다. 왜 시턴 부인은 우

리에게 남겨줄 돈이 없었던 걸까, 가난은 마음에 어떤 영향을 주는가, 또한 부(富)는 마음에 어떤 영향을 주는가, 나는 골똘히 생각했습니다. 그리고 그날 아침에 보았던 모피 술을 어깨에 늘어뜨린 노신사들을 생각했습니다. 누군가 휘파람을 불면 그들 중 하나가 달려온다는 게 기억났습니다. 예배당에서 울리던 오르간과 도서관의 닫힌 문을 생각했습니다. 그리고 잠긴 문 밖에 있는 것이 얼마나 불쾌한 일인가 생각했습니다. 잠긴 문 안쪽에 있는 게 어쩌면 더 나쁜 일인지도 모르겠다고 생각했습니다. 하나의 성(性)이 가진 안전과 번영, 또 다른 성이 가진 가난과 불안정을 생각했고, 한 작가의 마음에 전통과 전통의 결핍이 주는 영향에 대해 생각했고, 마침내는 그날의 논쟁과 인상들, 그리고 쭈글쭈글한 껍질을 그날의 화, 웃음과 함께 돌돌 말아 울타리로 던져버려야 한다고 생각했습니다. 파랗고 쓸데없이 넓은 하늘에 수천 개의 별들이 반짝이고 있었습니다. 이해하기 어려운 사회와 함께 홀로 남겨진 것 같았습니다. 모든 사람들은 누워 잠에 빠져 있었지요. 바닥에 엎드려 납작한 상태로 아무 말도 없었습니다. 옥스브리지 거리에는 꼼짝하는 사람 하나 없는 것 같았습니다. 심지어 호텔의 문조차 보이지 않는 손이 잡아준 듯 갑자기 열렸습니다. 나를 잠자리로 안내해주려 앉아 기다리는 사람 하나 없었습니다. 너무 늦은 시각이었습니다.

2장

계속 나와 함께 가보자고 요청해도 될까요. 그
렇다면 이제 장면은 바뀌었습니다. 여전히 나뭇잎은 떨
어지고 있지만 이제 옥스브리지가 아니라 런던입니다.
그리고 방을 하나 상상해주기 바랍니다. 다른 수많은 방
이 그렇듯이 창밖으로 사람들의 모자와 화물차, 자동차,
그리고 건너편 창문까지 내다보이는 방입니다. 방 안에
는 탁자가 있고 그 위에는 커다랗게 '여성과 픽션'이라고
제목만 있고 그 아래는 텅 비어 있는 종이가 놓여 있습니
다. 옥스브리지에서의 점심과 저녁 만찬에 대한 필연적
인 속편은 불행히도 대영박물관을 방문하는 일 같습니
다. 이 모든 인상들 안에서 개인적인 것, 우연적인 것을
빼내면 진실의 정유인 순수한 액체에 닿을 수 있습니다.
옥스브리지를 방문하고 그곳에서 가진 점심, 저녁 식사
로 의문이 벌 떼처럼 생겨나기 시작했습니다. 왜 남자들
은 와인을 마시고 여자들은 물을 마시는 걸까? 한 성별
은 부유한데 또 다른 성은 왜 그렇게 가난한 걸까? 가난

은 픽션에 어떤 영향을 미치는가? 예술작품을 창조하는
데 어떤 조건들이 반드시 필요한가? 수천 개의 의문들
이 동시에 떠올랐습니다. 하지만 필요한 건 질문이 아니
라 대답이었습니다. 그리고 그 대답은 논쟁과 육체의 혼
란을 뛰어넘고 자신들의 사유와 연구를 책으로 낸, 학식
있고 편견이 없는 이들에게 자문을 구해야만 얻을 수 있
는데, 대영박물관에서 그런 책을 찾을 수 있을 것입니다.
만일 대영박물관의 서가에서 그 진실을 찾을 수 없다면
진실은 어디에 있단 말인가, 나는 공책과 연필을 집으며
자문했습니다.

　　그래서 나는 자신감과 탐구심을 갖고 진실을
추구하기 위해 나섰습니다. 그날은 비가 오는 건 아니었
지만 음침했고, 박물관 주변의 거리에서는 집집마다 석
탄 창고를 열고 자루에서 석탄을 꺼내 쏟아붓고 있었습
니다. 사륜마차가 오더니 끈으로 묶은 상자들을 내려놓
았는데, 아마도 요행을 바라거나 은신처를 찾는, 아니면
겨울에 블룸즈버리의 하숙집에서 볼 법한 탐나는 물건
들을 노리는 스위스나 이탈리아 가족의 옷가지들이 담

겨 있겠지요. 늘 목이 쉬어 걸걸한 남자들이 손수레에 농작물을 싣고 거리를 돌아다녔습니다. 누군가는 소리쳤고, 어떤 이들은 노래를 했습니다. 런던은 하나의 작업장 같았어요. 마치 하나의 기계 같았지요. 우리는 마치 직조 기계처럼 이 평범한 바탕 위에 어떤 문양을 만들기 위해 앞뒤로 움직이고 있었습니다. 대영박물관은 그 공장의 또 다른 부서였지요. 반회전문이 활짝 열리고 나는 거대한 둥근 천장 아래 서게 되었습니다. 마치 대머리 안에 있는, 유명한 이름들로 화려하게 에워싸인 거대한 하나의 생각이 된 것 같았습니다. 카운터로 가 종이 한 장을 들고는 도서목록을 펼쳤습니다. 그리고······이 다섯 개의 점은 깜짝 놀라 망연자실했던 각각의 5분을 나타낸 것입니다. 여러분은 혹시 여성에 대한 책이 1년에 얼마나 많이 저술되는지 알고 있나요? 그중 얼마나 많은 책이 남성에 의해 만들어지는지 짐작이 가나요? 여러분은 자신이 전 우주에서 아마도 가장 많이 논의되는 동물이라는 걸 알고 있나요? 나는 오전에 독서를 할까 싶어 공책과 연필을 챙겨 이곳에 왔고 오전이 끝날 무렵이

VIRGINIA WOOLF

면 진실을 공책에 옮겨놓았을 거라 생각했습니다. 그런데 이 많은 책을 다 읽기 위해서는 한 무리의 코끼리가 되거나 거미 떼가 되어야 하는 게 아닐까 생각했습니다. 절박한 심정에 가장 오래 살고 가장 많은 눈을 가진 것으로 알려진 동물들이 떠올랐습니다. 심지어 겉껍질을 뚫는 데만도 강철로 된 발톱과 황동 부리가 필요할 겁니다. 이 많은 종이 더미 속에 박혀 있는 진실의 알갱이를 도대체 어떻게 찾아야 하는 걸까요? 이렇게 자문하며 절망적인 마음으로 제목이 적힌 긴 목록을 위아래로 훑어보았습니다. 책의 제목들마저 나에게 생각할 거리를 주었습니다. 성과 그 본질은 의사나 생물학자의 관심을 쉽게 끌어당깁니다. 그런데 놀라우면서 설명하기 힘든 사실은 성, 그러니까 여성은 마음이 열려 있는 수필가나 재주가 없는 소설가들, 석사 학위를 받은 젊은 남자들이나 학위가 없는 남자들, 여성이 아니라는 것 말고는 딱히 아무런 자격이 없는 남자들의 관심 또한 끌어당긴다는 것이었습니다. 책들 중 일부는 언뜻 봐도 하찮고 경박해 보였지만 대부분의 책들은 진지하고 앞을 내다볼 줄 알고, 도덕적이고 권할 만했습니다. 단지 제목만 봤을 뿐인데도 얼마나 많은 선생님과 목사들이 그들의 교단과 제단에서 이 주제에 대해 설교하기 위해 통상 그들에게 주어지는 시간을 한참 넘겨가면서까지 장황하게 연설을 늘어놓았을지 상상이 갔습니다. 그것은 굉장히 희한한 현상이었습니다. 그리고 명백히 ― 여기서 나는 M(male)이라는 글자를 집중해 보았는데 ― 이것은 남성에만 국한된 현상이었습니다. 여성들은 남성에 관한 책을 쓰지 않습니다. 안도하며 반길 수밖에 없는 사실이었지요. 우선 여성에 대해 쓴 남성들의 책을 읽고 그런 다음 남성에 대해 쓴 여성들의 책을 모두 읽어야 한다면, 백 년에 한 번 꽃이 핀다는 알로에가 두 번은 피고 나서야 펜을 들어 종이에 무언가를 쓸 수 있을 테니까요. 그래서 완전히 임의로 고른 책 열두 권의 대출 카드를 뽑아 철망쟁반 위에 내려놓은 다음 진실의 근본적인 기름을 찾는 사람들 사이에서 내 차례를 기다렸습니다.

　　이 특이한 불균형의 이유는 과연 뭘까. 나는 영국의 납세자들에게 다른 목적으로 제공된 대출 카드에 수레바퀴를 그리며 생각했습니다. 이 목록으로 보건대, 남성이 여성에게 유발하는 흥미보다, 여성이 남성에게 불러일으키는 흥미가 훨씬 강렬한 것은 왜일까? 굉장히 희한한 일처럼 여겨졌고, 내 마음은 여성을 주제로 책을 쓰며 시간을 보내는 남자들의 일상을 그려보기 시작했습니다. 그들은 늙었을까 아니면 젊을까, 기혼일까 미혼일까, 빨간 코를 했을까 아님 곱사등이일까, 어쨌든 그런 관심의 대상이라는 걸 자각하면 약간이나마 우쭐한 기분이 듭니다. 그 관심이 불구자나 병약한 사람한테서 받는 게 아니라면 말이지요. 이런 시시한 생각에 골몰해 있는데 내 앞에 있는 책들이 산사태를 이루며 쓰러져 내렸습니다. 자, 이제부터 고난의 시작입니다. 옥스브리지에서 연구 훈련을 받아온 학생들이라면 틀림없이 양을 우리로 몰아넣듯 온갖 잡념을 피해가며 자신의 질문을 정답으로 몰아넣겠지요. 예를 들어, 내 옆에 앉아 과학 교재를 부지런히 베껴 쓰고 있는 학생은 십 분마다 원석에서 순수한 금괴를 찾아내고 있으리라 확신합니다. 만족스럽다는 듯, 작게 끙끙거리는 소리로 충분히 알 수 있었습니다. 하지만 불행히도 대학 교육을 받지 못한 사람이라면 질문들을 우리에 몰아넣기는커녕 사냥개 떼에게 쫓겨 이리저리 허둥거리는 새 떼처럼 날아가 버리게 할 겁니다. 교수와 교사, 사회학자, 목사와 소설가, 수필가, 기자, 그리고 여자가 아니라는 것 말곤 아무 자격도 없는 남자들이 나의 단순하고 유일한 질문―왜 여성들은 가난할까?―을 뒤쫓아 그것은 50개의 물음이 되었고, 그 50개의 물음은 정신을 잃은 듯 강물 한가운데로 뛰어들어 휩쓸려 버렸습니다. 내 공책의 각 페이지는 휘갈겨 쓴 메모로 뒤덮였습니다. 당시 내 마음 상태가 어땠는지 보여주기 위해 그중 일부를 읽어보겠습니다. 거기에는 블록체로 '여성과 가난'이라는 꽤 간결한 제목이 달려 있고 그 아래에는 다음과 같은 것들이 적혀 있었습니다.

중세 시대의 …의 조건

피지섬에서의 …의 습관

…에 의해 여신으로 숭배됨

…보다 도덕적으로 나약함

…의 이상주의

… 더욱 양심적인

남태평양 제도 주민 중…의 사춘기 연령

…의 매력

…에게 제물로 제공됨

…의 작은 크기의 두뇌

…의 더욱 심오한 잠재의식

…의 몸에 난 털이 적음

…의 정신적, 도덕적, 육체적 열등함

…의 아이들에 대한 사랑

…의 더 긴 수명

…의 더 약한 근육

…의 강한 애정

…의 허영심

…의 더 높은 교육

…에 대한 셰익스피어의 견해

…에 대한 버컨헤드 경의 견해

…에 대한 잉 주임 사제의 견해

…에 대한 라 브뤼예르의 견해

…에 대한 존슨 박사의 견해

…에 대한 오스카 브라우닝의 견해…

여기서 나는 숨을 한 번 들이마시고, 책의 여백에 추가로 적어 넣었습니다. 새뮤얼 버틀러*는 어째서 "현명한 남성은 여성에 대한 생각을 절대 발설하지 않는다."라고 했을까? 사실 현명한 남성은 어떤 이야기든 거의 입 밖으로 내어 말하지 않습니다. 하지만 나는 의자에 등을 기대고 어마어마하게 큰 둥근 천장을 바라보며 생각을 이어나갔습니다. 처음 이 공간에 들어선 나는 하나의 단순한 생각을 갖고 있었지만 지금은 꽤나 복잡해졌고, 정말 불행한 사실은 현명한 남성은 여성에 대해 절대 이와 같은 것을 생각하지 않는다는 겁니다. 포프**는 이렇게 말했습니다.

---

* 새뮤얼 버틀러(1612~1680): 영국 풍자 작가 겸 시인. (옮긴이)

** 알렉산더 포프(1688~1744): 시인, 풍자 작가. 그의 두 번째 『Moral Essay』 중 「숙녀에게」는 아래와 같이 시작한다. "Nothing so true as what you once let fall, Most women have no characters at all."

대부분의 여성은 성격이 없다.

라 브뤼예르*는 또 이렇게 말했지요.

여성은 극단적이다. 그들은 남성보다 훨씬 더 뛰어나거나 혹은 훨씬 더 열등하다.

　　같은 시대에 살았던 두 예리한 관찰자가 정확히 상반되는 견해를 내놓았습니다. 여성은 교육받을 능력이 있을까요, 아니면 없을까요? 나폴레옹은 그들에게 그런 능력은 없다고 생각했습니다. 존슨 박사는 정반대로 생각했고요.**

　　그들은 영혼이 있을까요, 아니면 없을까요? 일부 야만인***들은 여성에겐 영혼이 없다고 말합니다. 반

---

* 라 브뤼예르(1634~1696): 프랑스 작가, 소설가.

** "남자들은 여성이 자신들보다 훨씬 압도적인 존재라는 걸 알고 있다. 그렇기 때문에 가장 나약하거나 무지한 상대를 고르는 것이다. 그렇게 생각하지 않는다면 여성이 자신

들만큼 교육받는 걸 결코 두려워하지 않을 것이다.' … 그다음에 이어진 대화에서 그는 자신이 한 말이 진심이었노라고 말했다. 하나의 성별에 공정을 기하기 위해 이 사실을 인정하는 것은 솔직한 태도라고 생각한다." _보즈웰, 「헤브리디스 제도로의 여행」

면에 어떤 사람들은 여성은 반쯤 신적인 존재이며 그렇기 때문에 그들을 숭배해야 한다고 주장합니다.**** 일부 현자들은 여성들이 뇌를 쓰는 데에 있어 깊이가 없다고 하지만 또 다른 이들은 의식이 더욱 깊다고 말합니다. 괴테는 여성을 존경했고, 무솔리니는 여성을 경멸했습니다. 어디를 살펴봐도 남성은 여성에 대해 생각했고, 그 생각은 저마다 달랐습니다. 나는 옆에 앉아 책을 읽던 사람을 부러움의 눈초리로 바라보며, 이 모든 게 무슨 말인지 파악하는 건 불가능하다고 결론지었습니다. 그는 이따금 제목을 붙이면서 아주 깔끔하게 요약을 하고 있었는데 반면 내 공책은 서로 상반된 내용들을 거칠게 휘갈겨 쓴 메모들로 아주 난장판이었거든요. 참담하고 당혹스러웠으며 굴욕적이었습니다. 진실은 나의 손가락 사이로 빠져나가 버렸습니다. 한 방울, 한 방울, 모두 새어나가 버렸습니다.

*** savages: 울프가 책 안에서 처음으로 언급한 이 단어는 현대에는 모욕적이고 인종차별적인 발언으로 여겨지지만 그녀가 살던 시대에는 진보주의자들 사이에서는 일반적인 표현이었다.

**** "고대의 독일인들은 여성에겐 무언가 영적인 것이 있다고 믿었고, 그에 따라 신탁을 전하는 존재로서 그들에게 자문을 구했다." _프레이저, 『황금가지』

이대로 집으로 돌아갈 수는 없다고 생각했습니다. 여성과 픽션 연구에 중대한 공헌이랍시고 여성이 남성보다 털이 적게 난다거나, 남태평양 제도에 사는 사람들의 사춘기가 아홉 살(인지 아니면 아흔 살일까요? 필체마저 어수선해서 알아볼 수가 없었습니다)부터 시작된다고 적을 수는 없었습니다. 오전 내내 일을 하고도 내보일 만큼 중요하거나 값어치가 있는 걸 얻지 못했다는 게 수치스러웠습니다. 만일 내가 과거의 W(간결성을 위해 이렇게 부르기로 했습니다)에 대한 진실을 거머쥘 수 없다면 왜 미래의 W를 신경 쓸까요? 여성, 그리고 여성이 영향을 미치는 것들—그게 정치나 아이들, 급여, 도덕성 무엇이든 간에—을 전공한 신사들이 많고 그들 모두 학식을 갖추었지만 그들의 책을 찾아보는 건 순전히 시간 낭비인 듯했습니다. 그들의 책은 열어보지도 않는 편이 훨씬 낫겠습니다.

그러나 이런 생각을 골똘히 하는 동안, 나는 자포자기의 심정이 되어 내키지 않는 마음으로, 무의식적으로—내 곁에 앉은 사람처럼—하나의 결론을 그리고 있었습니다. 나는 하나의 얼굴, 하나의 형체를 그렸습니다. 그것은 '여성의 정신적, 도덕적, 신체적 열등함'이라는 제목의 기념비적인 작품을 쓰느라 바쁜 X라는 교수의 얼굴과 형체였습니다. 내 그림 안에서 그는 여성들에게 매력적인 남성이 아니었습니다. 그는 육중한 몸에 턱살이 늘어졌고 거기에 걸맞게 눈이 아주 작았고 얼굴은 몹시 붉었습니다. 그의 표정에는 어떤 불편한 감정이 드러났는데 그는 마치 자신을 짜증 나게 하는 벌레를 죽이기라도 하듯 펜으로 종이를 콕콕 찔러댔습니다. 하지만 그 벌레를 죽이고 난 후에도 그는 만족을 하지 못하고 계속해서 그것을 죽여야만 합니다. 그렇게 해도 분노와 짜증을 일으키는 원인은 여전히 남아 있었으니까요. 그를 화나게 한 건 그의 부인일까요? 나는 그림을 보며 물었습니다. 그녀가 기병대 장교와 사랑에 빠진 걸까? 그 장교는 늘씬하고 우아한 데다 모피를 입었을까? 그는 요람 안에서, 프로이트의 이론으로 말해보자면, 예쁜 소녀에게 놀림을 받은 적이 있을까? 왜냐하면 내 생각엔, 아무리 요람 안에 있는 어린아이 시절이라 해도 그가 썩 귀여운 아이였을 것 같지 않았거든요. 이유가 뭐든 간에 여성의 정신적, 도덕적, 신체적 열등함을 주제로 위대한 책을 쓰고 있는 그 교수는 내 그림 안에서 굉장히 화가 나 있고 몹시 못생기게 그려졌습니다. 그림 그리기는 성과가 없는 오전 작업을 마치는 나태한 방법이었습니다. 그러나 이러한 나태함에서, 우리의 망상에서 물속으로 가라앉아 있던 진실이 수면 위로 떠오르기도 합니다. 정신분석이라는 이름으로 위엄을 갖출 것도 없이 심리학의 기초 훈련만 받아도 내 노트를 보면, 화가 난 교수의 모습이 나의 분노에서 만들어졌다는 것을 알 수 있습니다. 내가 공상하는 동안 분노가 내 연필을 낚아챘던 겁니다. 분노는 거기서 무얼 하고 있던 걸까요? 흥미, 당황, 즐거움, 지루함―이 모든 감정들이 오전 내내 꼬리에 꼬리를 물고 나타날 때 나는 그걸 좇고 이름을 붙일 수 있었습니다. 검은 뱀과 같은 분노가 그 감정들 사이에서 도사리고 있던 걸까요? 맞아, 분노가 숨어 있었어, 내 그림이 말했습니다. 그림은 나에게 악마를 깨웠던 한 권의 책, 하나의 문구를 명백히 언급했습니다. 그것은 여성의 정신적, 도덕적, 신체적 열등함에 관한 교수의 진술이었습니다.

심장이 내달리고 뺨이 달아올랐습니다. 분노로 얼굴이 화끈거렸습니다. 물론 바보 같은 기분이 들었지만 특별히 놀랄 만한 일은 아니었습니다. 호흡이 거칠고 기성품 넥타이를 맨, 2주나 면도를 하지 않은 이 작은 남자—나는 옆자리에 앉은 학생을 보았습니다—에 비해 자신이 선천적으로 열등하다는 말을 듣는 걸 좋아할 사람은 없으니까요. 사람에게는 어떤 어리석은 허영심이 있습니다. 오직 인간만이 가진 천성이 아닐까, 나는 생각하며 화가 난 교수의 얼굴에 수레바퀴와 원들을 그리기 시작했습니다. 이윽고 그는 불에 타고 있는 덤불, 혹은 불타오르는 혜성처럼 보였는데, 어쨌든, 인간의 형체나 의미를 갖고 있지 않은 유령이 되었습니다. 그 교수는 이제 햄프스테드 히스*의 꼭대기에서 불타고 있는 하나의 장작더미에 불과했습니다. 곧 나의 분노는 설명이 되고 사라졌지만 궁금한 것이 남았습니다. 교수의 분노는 어떻게 설명해야 할까? 그들은 왜 화가 난 거지? 왜냐하면 이

* Hampstead Heath: 영국 런던 햄프스테드에 위치한 공원. (옮긴이)

런 책들이 남긴 인상을 분석하다 보면 언제나 열기가 느껴졌거든요. 이 열기는 많은 형태를 취했습니다. 풍자 안에서, 감상 안에서, 호기심 안에서, 비난 안에서 자신의 모습을 드러내 보였습니다. 하지만 종종 실재하지만 즉각적으로 알아볼 수 없는 또 다른 요소가 있었습니다. 나는 그걸 분노라고 칭했습니다. 그건 땅 밑으로 내려가 다른 모든 종류의 감정들과 스스로를 섞어버린 분노였습니다. 그것이 미치는 이상한 효과들로 판단컨대, 그건 단순하고 개방적인 화가 아니라 복잡하고 모습을 감춘 분노였습니다.

나는 책상 위에 산처럼 쌓아둔 자료를 살펴보며 이유가 뭐든 간에 이런 책들은 내 목적에는 쓸모가 없다고 생각했습니다. 인간적으로는 교훈과 흥미, 지루함, 그리고 피지섬 주민들의 관습에 대한 굉장히 기묘한 사실들이 가득 담겨 있다고 말할 수 있겠지만 과학적으로는 무가치했습니다. 그것들은 진실의 하얀빛이 아닌 감정의 붉은빛 아래서 쓰였습니다. 그러므로 중앙 탁자로 반납해 거대한 벌집 속의 각자의 방으로 되돌려 보내져

야 합니다. 그날 오전 내내 작업해서 얻은 거라곤 분노라
는 하나의 사실뿐이었습니다. 그 교수들—나는 그들을
이렇게 뭉뚱그려 부릅니다—은 화를 내고 있었습니다.
어째서? 나는 책을 반납하며 자문했습니다. 왜일까? 나
는 돌기둥 아래 비둘기들이 모여 있는 선사시대의 카누
사이에 서서 되물었지요. 왜 그들은 화가 났을까? 이 질
문을 곱씹으며 점심 먹을 장소를 찾아 거닐었습니다. 일
단 '그들의 분노'라고 부르기로 한 그 감정의 진짜 본질
은 무엇일까? 나는 물었습니다. 대영박물관 근처의 작은
식당에 앉아 음식이 나올 때까지도 그 궁금증은 이어졌
습니다. 나보다 앞서 점심을 먹은 누군가가 석간신문 점
심 판을 의자에 놓고 갔기에 음식이 나오길 기다리며 한
가롭게 기사 제목들을 읽기 시작했습니다. 아주 큰 활자
들로 이루어진 문장이 지면을 가로질렀습니다. 누군가
남아프리카에서 크게 성공을 했다는군요. 그보다 작은
글자들로 이루어진 문장은 오스틴 체임벌린 경이 제네
바에 있다는 사실을 알려주었습니다. 어느 지하실에서
고기용 도끼가 나왔는데 사람 머리칼이 발견되었다고

합니다. 모 재판관이 이혼 법정에서 여성의 뻔뻔스러움에 대해 언급했다고 합니다. 그 밖에 다른 자잘한 소식들이 신문 위에 흩뿌려져 있었습니다. 한 여배우가 (영화 촬영을 위해) 캘리포니아의 산꼭대기 허공에 매달렸다고 합니다. 날씨는 안개가 낄 거라고 하네요. 이 행성에 아무리 잠깐 들른 사람이라도 이 신문을 집어 들었다면 이 산발적인 증언을 보고 영국이 가부장제의 통치 아래 놓였다는 걸 알아채지 못할 수는 없을 겁니다. 상식이 있는 사람이라면 그 교수가 가진 주도권을 몰라볼 수 없을 것이고요. 힘과 돈, 그리고 영향력은 그의 것입니다. 그는 신문의 주인이자 편집장이고 또 부편집장이기도 합니다. 그는 외무장관이자 재판장입니다. 그는 크리켓 선수이고 경주마와 요트를 소유하고 있지요. 그는 주주들에게 200퍼센트의 배당금을 주는 회사의 임원입니다. 그는 자신이 운영하는 대학과 자선단체에 수백만 파운드를 남겼습니다. 그는 여배우를 공중에 매달았습니다. 고기 자르는 도끼에 붙은 털이 사람 것인지 아닌지는, 그가 결정할 것입니다. 그가 바로 살인자에게 무죄 혹은 유죄를

072
\
073

선고하고, 그의 목을 매달지, 아니면 풀어줄지 결정하게 될 사람입니다. 안개만 제외하고 그는 모든 일을 통제할 수 있는 것 같습니다. 그럼에도 그는 화가 났습니다. 그가 화가 난 건 바로 이런 점 때문이란 걸 난 알고 있었습니다. 여성에 대해 그가 쓴 글을 읽으며 나는 그가 하는 말이 아닌 그 자신을 생각했습니다. 누군가 공정하게 자신의 주장을 하면, 그는 논의 내용만을 생각할 것이고 따라서 독자들 역시 그의 논의만을 생각할 수밖에 없습니다. 만일 그가 여성에 대해 공정하게 글을 썼더라면, 자신의 논지를 확고히 하기 위해 반박할 수 없는 증거를 댔더라면, 그 결과가 다름 아닌 이것이기를 바란다는 흔적을 내비치지 않았더라면, 화를 낼 사람은 없었을 겁니다. 독자들은 사실을 받아들였을 것입니다. 완두콩은 초록색이고 카나리아는 노란색이라는 사실을 받아들인 것처럼 말이죠. 그래 그런 거지, 라고 나도 말했을 테고요. 하지만 나는 화가 났습니다. 그가 화가 났으니까요. 나는 석간신문을 넘기며 너무 불합리한 거 아닌가, 라고 생각했습니다. 이 모든 권력을 가진 남자가 화를 내다니요.

아니면 화라는 게, 어쨌거나 권력과는 친근하고 응당 붙어 다니는 유령인 걸까요?

예를 들어 부자들은 이따금씩 화를 냅니다. 가난한 사람들이 그들의 부를 빼앗으려 한다고 의심하거든요. 교수들, 또는 가장들(이게 더 정확한 표현일 수도 있겠네요)은 한편으론 그런 이유로 화를 낼 수도 있습니다. 하지만 다른 한편으론 노골적으로 드러나지 않는 이유들로 화를 내기도 합니다. 아마 그들은 절대로 '화가 난' 게 아닐지도 모릅니다. 실제로 사적인 생활에서 그들은 종종 여성에게 헌신적이고 모범적이며 그녀들을 찬미하기도 합니다. 그 교수가 여성들의 열등성을 다소 강조해서 주장할 때, 그는 아마 여성들의 열등성이 아닌 자신의 우월성을 염두에 두고 있을 겁니다. 그는 꽤 성급하고 과하게 그것을 강조하고 보호하고 있었지요. 그 우월성이란 그에게는 좀체 값을 매길 수 없을 만큼 진귀한 보석이었으니까요. 여성과 남성 모두에게 삶이란─나는 어깨를 밀치며 길을 나아가는 도로 위의 사람들을 바라보았습니다─고되고 힘든, 끊임없는 투쟁입니다. 엄청난 용기와 힘을 필요로 하지요. 무엇보다 우리처럼 환상으로 이루어진 존재들에게 필요한 건 스스로에 대한 자신감일 겁니다. 자신감이 없다면 우리는 그저 요람 속에 든 아이와 같습니다. 그럼 우리는 어떻게 이 가늠하기 어렵지만 너무나 귀중한 자질을, 그것도 최대한 빨리 만들어낼 수 있을까요? 바로 자신을 제외한 사람들을 열등하다고 생각하는 것입니다. 남들보다 천성적으로 우월한 점이 있다고 느끼는 거죠. 그건 재산이나 지위가 될 수도 있고 날렵한 콧날이 될 수도 있습니다. 롬니가 그려준 할아버지의 초상화가 될 수도 있겠네요. 인간의 상상력이라는 한심한 장치에 끝이란 없으니까요. 그렇기 때문에 남을 정복하고 통치해야 하는 가장에게 인류의 절반에 달하는 엄청난 수의 사람들이 선천적으로 그보다 열등하다고 느끼는 것은 대단히 중요할 겁니다. 그게 사실 그의 권력에서 가장 중요한 원천 중 하나일 겁니다.

자, 그럼 이 관찰의 빛을 실제 생활로 옮겨봅시다. 일상생활의 빈자리에 누군가 끼적여둔, 심리학적으로 풀 수 없는 수수께끼들을 일부 설명하는 데 그게 도움

VIRGINIA WOOLF

이 될까요? 일전에 아주 친절하고 겸손한 남성인 Z 씨가 레베카 웨스트*의 책을 들어 한 구절 읽고는 이렇게 외쳤지요. "말도 안 되는 페미니스트로구먼! 이 여자 말대로라면 남자들은 다 속물이겠네!" 말도 안 된다는 듯 놀라는 말투는— 꽤 놀라웠습니다, 웨스트 양이 남성에 대해 칭찬은 아닐 수도 있지만 진실일 수도 있는 말을 했다고 왜 말도 안 되는 페미니스트라는 말을 들어야 할까요—상처 입은 허영심에서 나온 외침이 아니었습니다.

그것은 자신의 굳은 믿음을 침해한 것에 대한 저항이었습니다. 여성은 지난 수 세기 동안 남성들을 실제보다 두 배로 커 보이게 비추는 아주 기분 좋은 마법을 지닌 거울 역할을 해왔습니다. 아마 그 힘이 없었다면 지구는 아직도 늪지와 정글인 상태로 남아 있었을 겁니다. 우리가 치른 모든 전쟁의 영광들은 알려지지 않았을 것이고, 아직도 남은 양 뼈에 사슴 모양을 그리고 있거나 촌스러운 취향에 맞춰 부싯돌을 양가죽이나 단순한 장식물로 물물

* 레베카 웨스트(1892~1983): 20세기 영국의 작가이자 문학평론가. (옮긴이)

교환하고 있을 게 틀림없습니다. 슈퍼맨이나 운명의 손은 존재하지 않았을 겁니다. 시저와 카이저 또한 왕관을 쓰지도 빼앗기지도 못했을 겁니다. 문명화된 사회에서 거울의 역할이 무엇이든 간에 그것은 모든 격렬하고 영웅적인 행동에 필수적입니다. 그게 바로 나폴레옹과 무솔리니가 여성의 열등함을 강조하는 이유입니다. 만일 여성이 열등하지 않다면 그들은 남성들을 확대해서 보여주는 걸 그만둘 테니까요. 남성에게 여성이 왜 그렇게 빈번히 필요한지 이제 설명이 됩니다. 그녀의 비판을 받고 남성이 왜 그렇게 안절부절못하는지도 설명이 됩니다. 여성이 이 책은 형편없다, 이 그림은 별로다, 등등의 비평을 할 때마다 남성은 똑같은 비평을 남성에게 받을 때보다 훨씬 더 분개하고 고통스러워한다는 것도 설명이 됩니다. 만일 여성이 진실을 말하기 시작한다면 거울 속의 형체는 쪼그라들 것이고 삶에 대한 적응력도 약해질 것입니다. 그가 무슨 수로 판결을 내리고 원주민들을 개화시키고 법을 만들고 책을 쓰며 옷을 차려입고 연회에서 장황한 연설을 늘어놓을 수 있겠습니까? 하루에 적어도 두 번, 아침 식사와 저녁 식사 시간에 실제보다 두 배나 크게 보이는 자기 모습을 볼 수 없다면 말입니다. 그래서 나는 빵을 잘게 부수고 커피를 저으며, 이따금 거리를 지나는 사람들을 바라보며 생각했지요. 거울의 환상이란 이 얼마나 중요한가, 활력을 불어넣고, 신경 조직을 자극해주니까. 그것을 빼앗아 버린다면 남자들은 죽고 말 겁니다. 코카인을 빼앗긴 마약중독자처럼 말이죠. 나는 창밖을 내다보며 길 위의 절반의 사람들이 그 환상의 주문 아래서 일터를 향해 성큼성큼 걸어가고 있다고 생각했습니다. 그들은 아침이면 그 환상이 뿜어주는 기분 좋은 광선을 받으며 모자를 쓰고 코트를 입지요. 그들은 자신감을 채우고 만반의 준비를 한 채 스미스 양의 파티에는 자기가 필요할 거라 확신하며 하루를 시작합니다. 그들은 방으로 들어서며 스스로에게 이렇게 말합니다. 나는 여기 있는 사람들의 절반보다 뛰어나다고. 이렇게 자신감과 자기 확신에 찬 말을 함으로써 업무에서 중요한 결과를 내고, 사적인 마음의 여백에 그런 이상한 메모를 남기게 되는 겁니다.

남성의 심리라는 이런 위험하고 매혹적인 주제에 대한 의견을 내려 하는데—이 주제는 바라건대 1년에 500파운드의 수입이 있어야만 가능한 연구입니다—점심 값을 지불해야 했기에 중단되었습니다. 전부 5실링 9펜스였습니다. 나는 종업원에게 10실링짜리 지폐 한 장을 주었고 그는 거스름돈을 가지러 갔습니다. 지갑에 10실링 지폐가 한 장 더 있었습니다. 나는 그걸 눈여겨보았습니다. 왜냐하면 내 지갑 안에 자동적으로 10실링짜리 지폐들이 채워지는 힘이 있다는 것은 여전히 숨이 멎을 정도로 놀라운 사실이니까요. 지갑을 열면 그 안에 지폐가 있습니다. 그저 나와 성이 같다는 이유만으로 숙모 한 분이 나에게 남겨준 종잇조각 몇 장의 대가로 사회는 나에게 닭고기와 커피, 침대와 잘 곳을 내어줍니다.

나의 숙모, 메리 비턴에 대해 이야기해야겠지요. 그녀는 봄베이에서 바람을 쐬러 말을 타고 나갔다가 떨어져 돌아가셨습니다. 어느 날 밤, 유산을 받게 되었다는 소식을 들었습니다. 그날은 여성에게 투표권을 주는 법안이 통과된 날이기도 했습니다. 변호사의 편지가 우편함에 도착했고 나는 그것을 열어보았습니다. 내가 매년 500파운드를 받을 수 있도록 숙모가 유산을 남겼다는 사실을 알았습니다. 투표권과 돈, 둘 중에서 돈이 비교할 수 없을 정도로 더 중요하게 보였다는 걸 인정합니다. 그 전까지 나는 신문사에 조르고 졸라 이상한 일거리를 얻어내고 여기서는 당나귀 쇼를, 저기서는 결혼식장을 취재하며 그 기사로 생계를 이어나갔습니다. 봉투에 주소 쓰기, 노부인들에게 책 읽어주기, 조화 만들기, 유치원 어린아이들에게 알파벳 가르치기 등을 하며 몇 파운드를 벌었습니다. 1918년 이전에는 그런 일들이 여성들에게 열려 있는 주된 일이었습니다. 여러분도 이런 일을 해봤던 여성들을 알고 있을 테니 이런 일의 고됨을 말할 필요는 없지 않을까 싶네요. 번 돈에만 의존해서 사는 게 얼마나 힘든지도 아마 겪어보았을 테니 역시 말하지 않아도 될 것 같습니다. 그러나 그런 고됨, 어려움보다 지금까지도 더한 고통이라고 여겨지는 것은 그 당시에 내 안에서 자라난 공포와 쓰라림의 독이었습니다. 우선 항상 원하지 않는 일을 하고 있다는 것, 늘 반드시 그래야만 했던 건 아니지만 그럴 필요가 있는 것처럼 느껴지고, 또 손해를 감당하기엔 걸린 돈이 너무 커서 노예처럼 아부하고 아양을 떨며 일을 하는 것, 그리고 드러내지 못하면 죽는 거나 다름없는 단 하나의 재능, 작지만 가진 자에게는 너무나 소중한 그 재능이 나 자신, 내 영혼과 함께 닳아가고 있다는 생각, 이 모든 것들이 봄에 피어나는 꽃들을 갉아먹고 나무의 심장을 파괴하는 녹이 되어 갔습니다. 하지만 말했듯이, 숙모가 돌아가셨습니다. 내가 10실링짜리 지폐를 바꿀 때마다 그 녹과 부식된 것들은 조금씩 벗겨져 나가고 두려움과 쓰라림은 사라집니다. 나는 은화를 지갑 안에 미끄러뜨리며 생각했습니다. 지난날의 고통을 떠올려 보건대 고정된 수입이 인간의 기질을 얼마나 굉장하게 바꾸어놓는지, 정말이지 놀라운 일이라고 말입니다. 세상의 그 어떤 힘도 나에게서 이 500파운드를 빼앗을 수 없습니다. 음식과 집, 의복은 이제 영원히 나의 것입니다. 그로 인해 노력과 노동만 끝나는 게 아니라 증오와 쓰라림 또한 끝이 납니다. 나는 누

VIRGINIA WOOLF

구도 미워할 필요가 없습니다. 누구도 나를 해칠 수 없으니까요. 누군가에게 아부할 필요도 없습니다. 그가 나에게 줄 거라곤 아무것도 없으니까요. 이렇게 나는 스스로 인류의 절반을 향해 미비하나마 새로운 태도를 갖게 된 것을 알아챘습니다. 그 어떤 계급이나 성별을 뭉뚱그려 비난하는 건 말도 안 되는 일이었습니다. 대다수의 사람들은 그들의 행동에 대해 결코 책임이 없습니다. 그들은 스스로 통제할 수 없는 본능에 이끌리고 있으니까요. 가장들과 교수들 역시 스스로를 만족시켜야 할 끝없는 어려움과 끔찍한 결함을 갖고 있습니다. 그들의 교육은 어떤 면에서는 내가 받은 교육만큼이나 잘못된 것이었습니다. 그것은 엄청난 결함을 낳았습니다. 그들이 돈과 권력을 가진 건 사실이지만 그들은 가슴속에 독수리와 매를 품고서 언제고 간을 찢기고 폐를 뽑히는 대가를 지불해야 합니다. 무언가를 갖고 취하려는 본능과 격한 분노는 그들로 하여금 끊임없이 다른 사람들의 땅과 물건을 탐하고, 국경을 만들고, 깃발을 세우고, 전함과 독가스를 만들고, 자신과 아이들의 목숨을 제물로 바치게 만들었습니다. 애드미럴티 아치*(나는 그 기념비에 다다랐습니다) 또는 전승 트로피와 대포가 전시된 또 다른 길을 지나면서 그 곳에서 기념하고 있는 게 어떤 영광인지 곰곰이 생각해 봅시다. 아니면 봄의 햇살 아래 증권 중개인과 뛰어난 변호사가 더 많은 돈을 벌기 위해 건물 안으로 들어가는 걸 지켜봅시다. 1년에 500파운드만 있으면 충분히 따뜻한 햇볕 아래에서 살아갈 수 있다는 게 기정사실임에도 말이지요. 나는 가슴에 품고 살아가기엔 불편한 본능이라고, 그런 본능들이 삶의 조건과 문명의 결핍을 낳는 거라고 케임브리지 공작의 동상을 바라보며 생각했습니다. 동상이 쓰고 있는 삼각모를 누가 이렇게 본 적이 있었을까 싶을 만큼 뚫어져라 보면서 말이지요. 이런 결함들을 깨닫자 공포와 쓰라림의 정도가 점차 누그러들고 차츰 연민과 관용으로 바뀌어갔습니다. 그렇게 한두 해가 지나자 연민과 관용은 사라지고 가장 커다란 해방, 즉 사물을 그 자체로 생각하게 되는 자유가 찾아왔습니다. 예를

VIRGINIA WOOLF

* Admiralty Arch: 런던의 더 몰(The Mall)
에 있는 빅토리아 여왕을 위해 건설된 아치.

들어, 내가 저 건물을 좋아하는가, 그렇지 않은가? 저 그림이 아름다운가, 아닌가? 내 생각에 저 책은 좋은가, 나쁜가? 숙모의 유산은 내 머리 위 하늘의 베일을 벗겨주었고 밀턴이 나에게 영원히 떠받들라고 요구했던 커다랗고 위엄 있는 신사들 대신 탁 트인 하늘을 보여주었습니다.

이렇게 생각하고 추측하면서 강가에 있는 나의 집으로 발길을 돌렸습니다. 가로등이 켜지고 있었고 낮 시간이 끝나가며 런던에는 말로 표현할 수 없는 변화가 생겨났습니다. 그것은 마치 종일 일을 하고 난 커다란 기계가 우리의 도움을 받아 대단히 자극적이고 아름다운 무언가, 빨간 눈을 번뜩이는 불타는 천을 몇 야드나 지어내고 뜨거운 김을 불어내는 황갈색의 괴물을 만들어놓은 듯했습니다. 심지어 바람마저 집을 채찍질하고 간판을 흔들어대면서 깃발처럼 휘날리는 것 같았습니다.

하지만 내가 사는 작은 거리에는 가정적인 일상이 한창이었습니다. 페인트공은 사다리에서 내려오고 있었고, 아이를 봐주는 유모는 유모차를 안팎으로 조심히 밀며 차를 마시러 들어갔습니다. 석탄을 나르는 사람은 빈 자루를 차곡차곡 포개고 있었고 과일가게 여자는 빨간 장갑을 낀 손으로 그날 번 돈을 계산하고 있었습니다. 그러나 여러분이 내 어깨에 내려놓은 문제들에 너무 몰두한 나머지 나는 이런 일상적인 모습마저 하나의 중심과 관련짓지 않을 수 없었습니다. 이런 직업들 중에 어느 것이 더욱 귀하고 더 필요한지 말하는 것은 한 세기 전에도 힘든 일이었겠지만 지금은 더욱 어렵다고 생각했습니다. 석탄 운반부가 되는 게 나을까요, 아니면 유모가 나을까요? 아이를 여덟이나 길러낸 유모는 10만 파운드를 버는 변호사보다 세상에는 덜 가치 있는 사람일까요? 그런 질문을 하는 건 아무 데도 쓸모가 없습니다. 그 질문에 답할 수 있는 사람은 없을 테니까요. 유모와 변호사의 비교 가치는 10년마다 오르내릴 뿐 아니라 지금 이 순간 어떤지조차 측정할 잣대가 없기 때문입니다. 나는 교수님에게 여성에 대한 그분의 논의에 대해 이것저것 '반박 불가능한 증거들'을 제시해달라고 요구해왔는데 제가 참 바보 같았습니다. 누군가 그 순간 어떤 재능의 가치를 말할 수 있다고 하더라도 그 가치들은 변할 테고, 100년 안에 완전 달라져 있을 가능성이 매우 높으니까요. 게다가 100년이 지나면, 집 현관에 다다라 생각건대, 여성은 보호받아야 할 성이기를 그만둘 것입니다. 여성들은 한때 그들을 거부했던 모든 활동과 행사에 참여하게 될 수밖에 없을 것입니다. 유모는 석탄을 나르고 가게 여주인은 기관차를 운전하게 될 것입니다. 여성이 보호받아야 할 성이었을 때 관찰된 사실 위에 세워진 모든 가설들은 사라질 것입니다. 예를 들어 (지금 군인 부대가 길거리를 따라 행진하고 있군요) 여성과 목사, 정원사가 다른 사람들보다 더 오래 살 거라는 믿음처럼 말이지요. 그 보호막을 걷어내고 여성에게 똑같은 행사와 활동을 접하게 하고 여성이 군인, 선원, 기관차 운전사, 부두 노동자가 되게 하십시오. 그러면 여성이 남성보다 더 젊은 나이에 더 빨리 죽어버리게 되지 않을까요? 과거에 "나 오늘 비행기를 봤어."라고 말했던 것처럼 "나 오늘 여자 한 명을 봤어."라고 말하게 될 정도로 말이지요. 여성이 보호받는 위치에 있기를 그만두면 어떤 일이 생길까, 나는 현관문을 열며 생각했습니다. 그런데 이 모든 것들이 강연의 주제인 '여성과 픽션'과 무슨 관련이 있는 거지? 나는 안으로 들어가며 자문했습니다.

3장

저녁때까지도 어떤 중요한 진술, 정확한 사실을 떠올리지 못한 것이 실망스러웠습니다. 여성이 남성보다 더 가난한 것은 이런저런 이유들 때문이겠지요. 어쩌면 지금은 진실을 찾는 것과 용암처럼 뜨겁고 구정물처럼 탁한 수많은 의견을 머리로 받아들이는 걸 포기하는 게 나을지도 모르겠습니다. 커튼을 치고 잡생각을 몰아내고 램프에 불을 밝히고 조사의 폭을 좁혀서, 의견이 아닌 사실을 기록하는 역사가에게 여성들이 어떤 환경에서 살아왔는지, 전 시대에 걸쳐서가 아니라, 영국에서, 엘리자베스 시대에 어떻게 살아왔는지 묻는 게 더 나을 것입니다.

왜냐하면 다른 모든 남성들은 노래나 소네트를 만들 수 있었던 듯한데, 그런 뛰어난 문학 작품을 단 하나라도 쓴 여성이 없다는 사실은 영원한 수수께끼이기 때문이죠. 나는 그 시대의 여성들이 처한 상황은 어떠했을까 자문해보았습니다. 픽션이란 창의적인 작업이

긴 하지만 땅 위에 조약돌이 툭 떨어지듯 만들어지지는 않습니다. 과학은 그럴지도 모르겠습니다만, 픽션은 거미줄과 같아서 아주 가볍게 달려 있을지라도 삶의 구석구석에 연결되어 있습니다. 종종 그 연결은 거의 감지하기 힘듭니다. 예를 들어, 셰익스피어의 연극은 온전히 홀로 매달려 있는 것처럼 보입니다. 하지만 거미줄을 삐딱하게 잡아당겨 모서리를 들쳐 중간을 찢으면 이런 거미집은 보이지 않는 생명체가 허공에 뚝딱 지어낸 것이 아니라 인간의 고통을 통해 만들어낸 작업이자, 건강과 돈, 우리가 살고 있는 집 같은 지극히 물질적인 것들에 연결되어 있다는 사실이 다시 떠오릅니다.

이런 이유로 나는 역사서들을 꽂아둔 책장으로 가서 최근에 출간된 책 중 하나인 트리벨리언* 교수의 『영국사』를 꺼냈습니다. 다시 한번 '여성'을 찾아보다가 '여성의 지위'를 발견하고는 표시된 페이지를 펼쳤습니다. "아내를 때리는 것은," 나는 읽어나갔습니다. "남

* 트리벨리언(1876~1962): 영국의 역사가.
(옮긴이)

성에게 인정된 권리였고 지위가 높거나 낮거나 죄책감 없이 행해졌다… 이와 유사한 형태로," 역사가는 이어나 갔습니다. "부모가 정해준 신사와 결혼하기를 거부한 딸은 방에 가두고, 매를 맞고 내동댕이쳤는데, 여론은 이런 일에 전혀 충격을 받지 않았다. 결혼은 개인적인 애정의 문제가 아닌 가족의 탐욕이 결부된 문제로 특히 품격 있는 상류층에서 더욱 그러했다. 약혼은 종종 당사자 중 하나 혹은 둘 다 요람에 있을 때 성사되었으며 유모의 손길을 벗어나기가 무섭게 결혼이 이루어졌다." 때는 1470년대로 막 초서*의 시대가 지난 직후였습니다. 여성의 지위에 대한 그다음 언급은 대략 200년 후인 스튜어트 왕조 시대로 넘어갑니다. "여전히 상류층과 중간 계급 여자들이 자신의 남편을 직접 고르는 것은 예외적인 일이었다. 그리고 남편이 일단 정해지면 법과 관습이 그렇

* 제프리 초서(1343~1400): 근대 영시의 창시자로, '영시의 아버지'라 불린다. 『트로일루스와 크리세이드』, 『선녀 전설』을 거쳐, 중세 이야기 문학의 집대성이라고도 할 대작 『캔터베리 이야기』로 중세 유럽 문학의 기념비를 창조하였다.

게 만들어주는 한 그가 군주고 주인이었다. 그럼에도 불구하고," 트리벨리언 교수는 이렇게 결론을 내리고 있었습니다. "셰익스피어의 여성들과 17세기 회고록에 등장하는 버니와 허친슨 같은 여성들은 개성이나 성격이 결여된 것처럼 보이지 않는다." 생각해보면 확실히 클레오파트라는 자기만의 방식이 있었던 게 분명합니다. 맥베스 부인 역시 그녀만의 의지가 있었다고 볼 수도 있고요. 로잘린드를 매력적인 소녀라고 생각할 수도 있겠습니다. 트리벨리언 교수가 셰익스피어의 여인들이 개성이나 성격이 결여된 것 같지 않다고 말할 때 그것은 진실만을 말하고 있습니다. 나는 역사가가 아니기 때문에 한 걸음 더 나아가 여성들은 태초부터 모든 시인들의 작품 속에서 봉화처럼 타올랐다고 말하겠습니다. 극작가들의 작품에 등장하는 클리타임네스트라, 안티고네, 클레오파트라, 맥베스 부인, 페드르, 크레시다, 로잘린드, 데스데모나, 몰피 공작 부인과 산문 작가들의 작품에 나오는 밀러먼트, 클라리사, 베키 샤프, 안나 카레니나, 엠마 보바리, 게르망트 부인 같은 이름들이 무리 지어 마음에 떠오르지만 '개성이나 성격이 결여된' 여성들은 연상되지 않았습니다. 사실, 남성이 쓴 픽션에서만 여성이 존재한다면 그녀는 가장 중요한 존재로 영웅적이기도 하고 비열하기도 한, 훌륭하기도 하고 추악하기도 한, 무한의 아름다운 존재이면서 극도로 흉측한 모습을 한, 매우 다양한 모습으로 상상될 것입니다. 또한 혹자는 여성들이 남성만큼 훌륭하다고, 혹은 더 위대하다고 생각할 것입니다.* 하지만 이것은 픽션 안에서의 여성입니다. 트리벨리언 교수가 지적하듯이 실제로 그녀는 방에 갇히고 구타당했으며 내동댕이쳐졌습니다.

* "이것은 아테네 도시에서 있었던 기이하고 거의 설명할 수 없는 사실을 떠올리게 한다. 그곳에서 여성은 노예나 노동자로서 거의 동양에서 이루어지던 수준의 억압을 받고 있었는데, 무대에서는 클리타임네스트라와 카산드라, 아토사와 안티고네, 페드르와 메데이아 같은, 여성 혐오자였던 에우리피데스의 연극에서 그 연극을 지배하는 모든 다른 여자 주인공들을 만들어냈다는 것이다. 현실에서 그런 존경할 만한 여성은 길에서 홀로 얼굴을 드러내고 다니기 어렵지만 무대에서는 여성도 동등하거나 남성보다 우위에 있었는데, 이런 세계의 모순은 여태껏 만족스럽게 설명된 적이 없다. 현대 비극에서도 똑같은 여성 우위가 존재한다. 아무튼 셰익스피어의 작품(말로나 존슨과는 다르지만 웹스터와는 유사한)을 피상적으로나마 살펴보더라도 로잘린드부터 맥베스 부인까지, 여성의 이런 우위와 주도권이 존재한다는 것을 밝히기에 충분하다. 라신 역시 마찬가지로, 그의 비극 여섯 편은 여자 주인공들의 이름을 제목으로 삼고 있다. 어떤 남자 주인공을 헤르미오네, 앙드로마크, 베르니스와 록산느, 페드르와 아탈리에 맞서라고 내세울 수 있겠는가? 입센 또한 그렇다. 솔베이그와 노라, 헤다와 힐다 방겔, 또 레베카 웨스트에 어떤 남성이 대적할 수 있을까?"_F.L. 루카스, 「비극」, 114~115쪽.

그렇게 해서 대단히 기이하고 복합적인 존재가 생겨납니다. 상상 안에서 그녀는 최고로 중요하지만 실제로는 완전히 하찮은 존재입니다. 시 안에서 그녀는 책의 처음부터 끝까지 곳곳에 스며들어 있지만 역사 속에서는 전혀 존재하지 않습니다. 픽션에서 그녀는 왕과 정복자들의 목숨을 지배하지만 현실은 강제로 그녀의 손가락에 반지를 끼우게 한 어느 부모를 둔 아들에게 속한 노예였습니다. 문학 작품 속에서는 그녀의 입술에서 영감이 넘치는 말들과 심오한 생각이 흘러나왔지만 현실에서의 그녀는 거의 글을 읽을 줄도 쓸 줄도 모르는 남편의 소유물일 뿐이었습니다.

분명 이것은 역사가들의 글을 먼저 읽고 시인들의 글을 나중에 읽으면서 생긴 기이한 괴물이었습니다. 독수리처럼 날개가 달린 벌레, 주방에서 양의 비계를 잘게 썰고 있는 생명과 미의 요정처럼 말이지요. 이런 괴물들은 상상력을 북돋아 즐겁게 해주긴 하지만 실제로는 존재하지 않습니다. 그녀를 현실로 불러오기 위해서 해야 할 일은 시적으로 동시에 산문적으로 생각하면서, 그녀는 마틴 부인이고 서른여섯 살에 푸른색 옷을 입고 있으며 검은 모자를 쓰고 갈색 신발을 신고 있다는 사실을 계속 접하는 겁니다. 하지만 픽션에 대한 모습 또한 놓치지 말아야 하는데, 그것은 그녀가 모든 종류의 정신과 힘이 흐르는 끊임없이 반짝이는 그릇이라는 겁니다. 그런데 엘리자베스 시대의 여성에게 이 방법을 시도해보려는 순간, 조명 한 줄기가 작동하지 않습니다. 사실의 결핍으로 인해 막혀버린 겁니다. 우리는 그녀에 관한 어떤 세세한 것, 온전한 진실이나 가치 혹은 본질적인 것을 알지 못합니다. 역사는 그녀를 거의 언급하지 않습니다. 나는 트리벨리언 교수에게는 역사가 무얼 의미하는지 알아내기 위해 다시 책으로 돌아갔습니다. 그리고 각 장의 제목들을 보면서 알게 되었습니다.

　　　'영주의 부지와 공동경작의 방법 … 시토 수도회와 양치기 사업 … 십자군 전쟁 … 대학 … 하원 … 백년 전쟁 … 장미 전쟁 … 르네상스 철학자들 … 수도원의 해체 … 농민 분쟁과 종교 갈등 … 영국 해군력의 기원 … 스페인 무적함대 …' 이런 것들이었습니다. 이따금씩 엘리자베스나 메리 같은 여왕이나 귀부인이 개별적으로 언급되었습니다. 그러나 능력이라고는 두뇌와 개성밖에 없는 중산층 여성들은 역사가가 과거에 대해 구성하고 통합해 형성한 위대한 동향 그 어디에도 참여할 수 없었습니다. 소소한 일화를 모은 책에서조차 찾을 수 없습니다. 오브리*는 여성을 거의 언급하지 않습니다. 여성은 자신의 삶을 결코 글로 표현하지 않았고 일기도 거의 쓰지 않았습니다. 편지 몇 통만이 남아 있을 뿐입니다. 우리가 판단할 수 있는 연극이나 시 또한 남기지 않았습니다. 우리에게 필요한 것은—그런데 뉴넘이나 거턴의 똑똑한 학생들은 왜 그걸 연구해서 내놓지 않는 걸까요?—다량의 정보입니다. 여성이 몇 살에 결혼했는지, 대체로 몇 명의 아이를 낳았는지, 그녀가 살던 집은 어땠는지, 그녀는 자기만을 위한 방이 있었는지, 그녀가 요리를 했는지, 하인을 두고 싶어 했는지? 이 모든 사실들은 아마도 어딘가, 교구 등록처에, 회계 장부에 있을 것입니다. 엘리자베스 시대의 보통 여성들의 삶은 어딘

*존 오브리(1626~1697): 영국의 전기 작가.

가에 흩어져 있을 것이고 누군가 그걸 모아 책으로 만들 수도 있을 겁니다. 나는 거기에 있지도 않은 책을 찾으면서 저 유명한 대학의 학생들에게 역사를 다시 쓰라고 제안하는 건 감히 바라기 힘든 엄청난 일이 아닐까 생각했습니다. 물론 나도 역사라는 게 다소 이상하게 보일 때도 있고 비현실적이고 한쪽으로 기울어져 있다는 걸 인정합니다. 하지만 거기에 부록을 하나 더하면 안 되는 건가요? 여성들이 부적절한 행동을 하지 않고 등장할 수 있도록 눈에 잘 띄지 않는 제목을 붙이는 건요? 왜냐하면 우리는 종종 위대한 사람들의 삶 속에서 여성이 배경으로 휙 사라지고 때때로 윙크나 웃음, 눈물을 감추는 걸 흘깃 보게 되거든요.

어쨌든 우린 제인 오스틴의 삶에 대해선 충분히 알고 있습니다. 조애너 베일리*의 비극 작품이 에드거 앨런 포**의 시에 미친 영향을 재고할 필요는 별로 없겠지요. 개인적으로는 메리 러셀 미트퍼드의 집과 그녀

* 조애너 베일리(1762~1851): 스코틀랜드 시인이자 극작가.

** 에드거 앨런 포(1809~1849): 19세기 최고의 독창가로 꼽히는 미국의 시인, 소설가, 비평가.

가 자주 다니던 곳들이 최소 100년은 대중에게 공개되지 않는다 하더라도 개의치 않겠습니다. 그러나 내가 다시 책장을 바라보며 개탄스러워하는 것은 18세기 이전의 여성들에 대해 알려진 바가 아무것도 없다는 사실입니다. 마음속에서 이리저리 돌려볼 수 있는 모델이 없습니다. 나는 여기서 왜 엘리자베스 시대에는 여성들이 시를 쓰지 않았는지 묻고 있지만, 그들이 어떤 교육을 받았는지, 글 쓰는 법을 배우기는 한 건지, 자기만을 위한 방이 있었는지, 얼마나 많은 여성들이 스물한 살이 되기 전에 아이를 낳았는지, 요컨대 아침 8시부터 저녁 8시까지 무얼 했는지 잘 모릅니다. 그들은 분명히 돈이 없었습니다. 트리벨리언 교수에 따르면 그들은 원하든 원하지 않든 유년기를 보내는 아이 방을 떠나기도 전인 열다섯 살이나 열여섯 살 정도에 결혼을 했습니다. 이런 사실을 기반으로 했을 때 여성들 중에 한 명이 갑자기 셰익스피어의 희곡을 썼다면 굉장히 이상했을 거라고 결론을 지었습니다. 그러고는 지금은 죽었지만 아마 한때는 주교였을, 한 신사를 떠올렸습니다. 그가 과거든 현재든 또는 미래에든 여자가 셰익스피어의 천재성을 갖는 일은 불가능하다고 말했던 게 생각났습니다. 그는 신문에 그것에 대해 썼습니다. 또한 자신에게 자문을 구한 부인에게 사실 고양이는 천국에 가지 않는다고 말하고는 그들도 일종의 영혼을 가지고 있다고 덧붙였습니다. 이런 노신사들이 우리가 생각할 거리를 얼마나 덜어주었는지 모르겠습니다! 그들이 다가오면 무지의 가장자리가 깜짝 놀라 확 쭈그러들지요! 고양이들은 천국에 가지 않는다. 여성들은 셰익스피어의 희곡을 쓸 수 없다.

그건 그렇다 치고, 서가에 놓인 셰익스피어의 작품들을 보면서 나는 적어도 주교가 이 부분만큼은 옳았다고 생각할 수밖에 없었습니다. 어떤 여성이든 셰익스피어 시대에 그런 희곡을 쓴다는 건 완전히 불가능했을 거라는 사실 말이죠. 사실이 어땠는지는 알아낼 방법이 없으니 이런 상상을 해봅시다. 만일 셰익스피어에게 비범한 재능을 가진 여동생이 있었다면 어땠을까요, 일단 그녀를 주디스라고 부르겠습니다. 셰익스피어는 아마도 문법학교에 다녔을 확률이 매우 높았을 겁니다. 그의 어머니가 유산 상속을 받았거든요. 그곳에서 라틴어—오비디우스, 베르길리우스, 호라티우스—를 배우고 문법의 원리와 논리학을 배웠을 겁니다. 잘 알려진 대로 자연에서 토끼를 잡고 사슴 사냥을 하는 거친 소년이었습니다. 그는 이웃에 사는 여성과 결혼을 하게 됐는데, 적령기보다 훨씬 이른 나이였고, 그녀 역시 너무 이른 나이에 아이를 낳았습니다. 그 무모한 장난으로 그는 성공을 바라며 런던으로 갑니다. 그는 연극에 취미가 있었던 것 같습니다. 그에게 주어진 첫 번째 일은 무대 출입구에서 말을 잡고 있는 것이었습니다. 머지않아 극장 안에서 하는 일을 구했고 이어 성공한 배우가 되어 우주의 중심에서 살아가며 온갖 사람을 만나고 알아갔습니다. 무대에서 연기를 익히고 거리에선 그의 재치를 갈고 닦았으며 여왕이 있는 궁전에까지 출입하게 됩니다. 한편 비범한 재능을 가진 여동생은 집에 남게 되었다고 가정해 봅시다. 그녀 역시 셰익스피어만큼이나 모험심이 강하고 상상력이 풍부했으며 세상을 향한 궁금증이 가득했습니다. 하지만 그녀는 학교를 가지 못했죠. 그녀에게는 문법이나 논리학을 배울 기회는커녕 혼자 호라티우스와 베르길리우스를 읽을 기회조차 없었습니다. 그녀는 이따금씩 아마도 오빠의 것이었을 책을 집어 들고 몇 쪽씩 읽었습니다. 그러다 그녀의 부모님이 들어와 책이나 신문 따위를 보며 멍하니 있지 말고 양말을 기우거나 스튜에나 신경 쓰라고 했겠죠. 그들은 모질게 말했지만 다 그녀를 위한 것이었습니다. 그들은 여자가 여자로서 살아가는 데 필요한 조건을 알고 있는 현실적인 사람들이었고 딸을 사랑했으니까요. 그녀의 아버지에게 그녀는 정말이지 눈에 넣어도 아프지 않을 존재였을 겁니다. 어쩌면 그녀는 몰래 다락방에서 몇 장 휘갈겨 썼을 수도 있지만 그것을 조심스레 숨겨두거나 불 속에 던져버렸습니다. 하지만 머지않아 그녀는 10대를 벗어나기도 전에 이웃의 양털 선별사의 아들과 약혼을 하게 됩니다. 그녀는 결혼하기 싫다고 크게 소리쳤고 그랬다는 이유로 아버지에게 심하게 구타를 당했습니다. 그 이후로 아버지는 더 이상 그녀를 나무라지 않았습니다. 대신 자신이 상처받게 하지 말아달라고, 이 결혼 문제로 자신을 부끄럽게 만들지 말아달라며 애원했습니다. 원한다면 목걸이나 질 좋은 속치마를 사 줄 수 있다고 말했습니다. 그러곤 눈가가 촉촉해졌습니다. 그녀가 어떻게 아버지를 거역할 수 있었을까요? 아버지의 마음에 상처를 입히는 짓을 그녀가 할 수 있었을까요? 그녀를 몰아세운 것은 그녀가 가진 재능뿐이었습니다. 그녀는 어느 여름날 밤 소지품을 담은 작은 짐을 꾸려 밧줄을 타고 내려와 런던으로 떠납니다. 그때 그녀는 채 열일곱 살도 되지 않았습니다. 울타리 안에서 지저귀는 새도 그녀만큼 음악에 소질이 있지는 않았습니다. 그녀는 자신의 오빠가 가진 재능처럼 단어의 선율에 대한 날쌘 상상력을 가지고 있었습니다. 또한 오빠처럼 연극에 감각이 있었습니다. 그녀는 무대 출입구에 서서 연기를 하고 싶다고 말했습니다. 남자들은 그녀의 면전에 대고 웃음을 터뜨렸지요. 뚱뚱하고 경망스레 말이 많은 감독은 폭소를 쏟아냈습니다. 그는 춤추는 푸들과 연기하는 여자들*에 대해 큰 소리로 떠들고는 어떤 여자도 배우가 될 수 없을 거라고 말했습니다. 그러고는 넌지시 무언가를 말했는데 그가 무슨 말을 했을지 아마 여러분은 상상할 수 있을 겁니다. 그녀는 연기 훈련을 받을 수 없었습니다. 훈련은 고사하고 여관에서 저녁을 사 먹고 한밤중에 거리를 배회하는 게 가능하긴 했을까요? 하지만 그녀의 특별한 재능은 픽션을 위한 것이었고 남자들과 여자들의 삶을 충분히 보고 어떻게 살아가는지 연구하기를 갈망했습니다. 마침내―그녀는 매우 젊었고 회색 눈과 둥근 눈썹을 한 얼굴이 이상할 정도로 시인인 셰익스피어와 닮았기에―극단 책임자 겸 배우인 닉 그린은 그녀에게 연민을 갖게 되었습니다. 그녀는 그의 아이를 갖게 된 걸 알게 되고―한 여인의 몸에 간혀 뒤엉켜 있는 시인의 열기와 격렬함이 어느 정도일지 누가 가늠할 수 있을까요?―어느 겨울밤 스스로 목숨을 끊었습니다. 그렇게 그녀는 엘리펀트 앤 캐슬**의 바깥쪽, 지금은 버스가 정차하는 교차로 어딘가

* 춤추는 푸들과 연기하는 여자들: 여성이 연설하는 모습이 마치 뒷발로 서서 걷는 개와 같다는 사무엘 존슨의 견해이다. "그것은 잘 끝났습니다. 당신은 그게 잘 끝났다는 걸 알고는 놀라시는군요." _보즈웰의 「사무엘 존슨의 생애」중, 1763년 7월 31일.

** Elephant and Castle: 영국 런던의 주요 도로 분기점으로 교통이 혼잡한 지역이다.

에 묻혀 있습니다.

만일 셰익스피어 시대에 여성이 그의 천재성을 가지고 있었다면 이야기는 큰 이변 없이 이렇게 진행되었을 겁니다. 하지만 나로서는 그 돌아가신 주교(만일 그가 정말 주교라고 한다면)의 말처럼 셰익스피어 시대에 여성이 셰익스피어의 재능을 갖는 것은 상상도 되지 않는다는 것에 동의합니다. 그도 그럴 것이 셰익스피어 같은 천재는 육체노동을 하고 교육을 받지 못한 노예처럼 굽실거리는 사람들 안에서 태어나지 않기 때문입니다. 천재는 영국의 색슨족이나 브리튼족에서 나오지 않습니다. 또 지금 시대에도 노동자 계층에서는 나오지 않습니다. 그러니 여성들 중에서 어떻게 천재가 나올 수 있었겠습니까? 트리벨리언 교수에 따르면 여성들은 돌봄을 받는 아이 방에서 나오기도 전에 일을 시작했습니다. 부모에게 그런 것들을 강요받고 법과 관습의 힘에 옥조인 여자들이 어떻게요? 그러나 노동 계층에서도 천재가 존재했을 것이고 마찬가지로 여성들 중에서도 천재는 분명 존재했을 겁니다. 때때로 에밀리 브론테나 로버트 번스* 같은 작가들이 눈부시게 빛을 내며 그 존재를 증명합니다. 하지만 분명히 그 천재성은 종이에 옮겨지지 못했습니다. 그럼에도 우리는 사람들을 피해 숨어 사는 마녀나 악마에 사로잡힌 여자, 약초를 파는 똑똑한 여자, 또는 주목할 만한 능력을 가진 남자의 어머니에 대한 이야기들을 읽을 때 생각합니다. 잃어버린 소설가, 억눌린 시인의 자취를 우리가 따라가고 있다고요. 그들은 자신의 재능이 몰아붙이는 고통으로 황무지에 자신의 머리를 짓이기거나 고속도로를 걸레질하고 풀을 베었던, 목소리도 낼 수 없고 이름도 없는 또 다른 제인 오스틴이자 에밀리 브론테였습니다. 나는 작자 미상으로 나온 수많은 시를 쓴 익명의 작가들 중 꽤 많은 수가 여성일 거라고 감히 추측해봅니다. 에드워드 피츠제럴드가 그랬던가요, 발라드와 민요를 만들어 아이들에게 들려주고 노래를 부르며 실을 감거나 긴 겨울밤을 지새운 것은 여성이라고요.

* 로버트 번스(1759~1796): 스코틀랜드 서민의 소박하고 순수한 감정을 시로 표현한 영국 시인. (옮긴이)

물론 이건 사실일 수도, 아닐 수도 있지만, 누가 알 수 있을까요? 하지만 여기서 진실은 내가 지어낸 셰익스피어의 여동생 이야기를 되새겨 생각해보면 16세기에 뛰어난 재능을 타고난 여성은 분명 정신이 나가거나 총으로 자살하고, 마을에서 멀리 떨어진 오두막에서 절반은 마녀로 절반은 마법사로 사람들에게 공포와 조롱의 대상이 되어 생을 마감했을 거라는 겁니다. 왜냐하면 높은 수준의 재능을 가진 소녀가 그 재능을 시에 쓰려 할 때 다른 사람들로부터 저지당하고 방해받을 뿐 아니라, 내면의 상반된 본능으로 고통받고 갈가리 찢겨 분명 건강과 온전한 정신을 잃고 말았을 것이라고, 정신분석학을 들먹이지 않아도 확실하게 말할 수 있기 때문입니다. 그 어떤 소녀도 런던까지 걸어가 무대 현관에 서서 어떻게든 극단의 감독을 만나려 했다면 비이성적으로 들리겠지만─왜냐하면 순결이란 어떤 알 수 없는 이유로 만들어진 집착인 관계로─필요 불가결한 폭력과 고통에 스스로를 던지지 않고서는 불가능했을 것입니다. 지금도 마찬가지지만 그 당시 순결은 여성의 삶에서 종교적 중요성을 가지고 있었고, 신경과 본능으로 스스로를 감싸고 있었기 때문에 그것을 찢고 대낮의 밝은 빛 아래 꺼내기 위해서는 보기 드문 용기가 필요했습니다. 시인과 극작가인 여성에게 16세기 런던에서의 자유로운 삶이란 긴장과 딜레마를 의미했을 것이고, 그로 인해 그녀는 당연히 스스로 목숨을 끊었을 것입니다. 만일 그녀가 살아남았다면, 그녀가 쓴 게 무엇이든 간에 긴장과 병적인 상상력에서 나왔을 테니 비틀리고 기형이 되었을 겁니다. 그리고 여성이 쓴 희곡이 하나도 없는 책장을 바라보며 생각건대, 그녀의 작품은 의심할 여지없이 이름을 달지 않고 나왔겠지요. 그녀는 분명 도피처를 구했을 것입니다. 그것은 심지어 19세기까지도 여자들에게 익명성을 요구했던 순결 이데올로기의 유산이었습니다. 그들의 글이 증명하듯이 내적인 갈등의 희생자였던 커러 벨*, 조지 엘리엇, 조르주 상드**는 남성의 이름

* 커러 벨(1816~1855): 샬롯 브론테의 필명.
** 조르주 상드(1804~1876): 프랑스 낭만주의 시대의 대표적인 여성 작가.

을 사용함으로써 스스로를 베일로 가리는 비효과적인
방법을 추구했습니다. 그들은 남성이 주입하지는 않았
다고 하더라도 널리 권장되었던 관습(여성에게 최고의 영광이
란 사람들 입에 오르지 않는 것이라고, 본인은 상당히 남들 입에 오르내리던 페
리클레스가 말했지요) 즉, 여성이 대중에게 알려지는 것은 혐
오스러운 일이라는 관습에 경의를 표했던 겁니다. 그들
의 피에는 익명성이 흐르고 있습니다. 베일에 가려지고
싶은 욕망은 여전히 여성들을 사로잡고 있습니다. 그들
은 남자들처럼 자신들의 명성을 신경 쓰지 않고, 묘비
나 표지판을 지날 때에도 거기에 자기 이름을 새겨 넣
고 싶은 저항할 수 없는 욕망을 보통은 느끼지 않습니
다. 알프, 버트, 또는 체스 같은 남성들은 멋진 여성이 옆
을 지나갈 때, 아니 심지어 개가 지나가더라도 '그 개는
내 거야.'*라고 중얼거리고 싶은 본능에 굴복했을 게 틀
림없습니다. 물론 그건 개가 아니라 땅 한 덩어리나 검
은 머리칼을 가진 한 명의 남자일 수도 있겠다고 나는

VIRGINIA WOOLF

* 본문에는 프랑스어로 "Ce chien est à
moi."라고 표기되어 있다.

의사당 광장*과 지게스 알레,** 그 밖의 거리를 떠올리며 생각했습니다. 아주 멋진 흑인 여성을 보고 그녀를 영국 여자로 바꾸면 좋겠다는 생각을 하지 않고도 지나칠 수 있는 건 여성이 가진 가장 큰 이점입니다.

그렇기에 16세기에 시적 재능을 타고난 여성은 자기 자신에 대항해 투쟁을 해야 하는 불행한 여성이었습니다. 삶의 모든 조건과 그녀의 본능은 머리에 든 게 무엇이든지 간에 그걸 자유롭게 풀어놓아야 하는 마음 상태에 적대적이었을 겁니다. 창조의 행위에 가장 좋은 마음 상태는 대체 무엇일까요? 그 낯선 행동을 더 확장시키고 가능케 하는 생각의 상태에 닿을 수 있을까요? 여기서 나는 셰익스피어의 비극 작품들이 실린 책을 펼쳤습니다. 예를 들어, 셰익스피어가 『리어왕』과 『안토니와 클레오파트라』를 쓸 때 그의 마음 상태는 어땠을까

---

* Parliament Square: 영국 런던 웨스트민스터 사원 앞에 위치한 광장. 윈스턴 처칠 등 역대 영국 총리 8명과 에이브러햄 링컨 전 미국 대통령, 넬슨 만델라 전 남아프리카공화국 대통령 등 위인 10명의 동상이 세워져 있다.

** Sieges Allee: 승리의 거리라는 의미로 독일 베를린의 브로드 대로에 위치해 있다. 1895년, 카이저 빌헬름 2세가 다양한 동상을 꾸미기 위해 기존에 존재하던 거리를 확장하도록 자금을 지원했고 1901년에 작업이 완료되었다.

요? 그건 확실히 여태껏 존재해왔던 마음들 중 시를 쓰기에 가장 좋은 상태였습니다. 하지만 셰익스피어 자신은 그것에 대해 아무 말도 하지 않았습니다. 다만 우리는 그가 "절대로 한 줄의 실수도 하지 않았다."는 사실만 우연히 알고 있을 뿐입니다. 18세기까지는 예술가가 스스로 자신의 마음 상태가 어떤지 말하는 경우는 거의 없었습니다. 어쩌면 루소*가 시작했을지도 모르겠습니다. 어쨌든 19세기에 이르기까지 상당히 자의식이 발달해 남성들이 고백록이나 자서전에 자신의 마음을 묘사하는 일이 습관적으로 이루어졌습니다. 그들의 삶은 글로 기술되고 그들 사후에는 편지도 인쇄되었습니다. 때문에 우리는 셰익스피어가 『리어왕』을 썼을 때 무엇을 겪었는지는 알 수 없지만 칼라일**이 『프랑스 혁명』을 썼을 때, 플로베르가 『보바리 부인』을 썼을 때, 또 키츠***가 다가오는 죽음과 세상의 무관심에 대항해 시를 쓰려 했

* 장 자크 루소(1712~1778): 프랑스의 낭만주의 철학자이자 사상가, 음악가, 교육학자. ** 토머스 칼라일(1775~1881): 영국의 비평가 겸 역사가.

*** 존 키츠(1775~1821): 영국의 시인. 셸리, 바이런과 더불어 18세기 영국 낭만주의 전성기의 3대 시인 중 한 명으로 일컬어진다.

을 때 무엇을 겪었는지는 알고 있습니다.

　　그리고 이러한 고백과 자기 분석을 다룬 방대한 양의 현대문학을 모아보니 천재적인 작품을 쓰는 일은 거의 언제나 엄청난 어려움을 겪고 얻은 위대한 업적임을 알 수 있습니다. 작가의 마음이 온전히 드러날 수 있는 가능성을 주위의 모든 것이 막아섭니다. 보통은 물질적인 환경이 막아서지요. 개가 짖고, 사람들이 나타나 방해하고, 돈은 벌어야 하고, 건강은 악화될 것입니다. 거기다 이 모든 어려움을 더욱 참고 견디기 힘들게 만드는 것은 바로 세상의 그 악명 높다는 무관심입니다. 세상은 사람들에게 시와 소설, 역사를 쓰라고 요구하지도 않고 그걸 필요로 하지도 않습니다. 플로베르가 딱 맞는 단어를 찾는 것, 칼라일이 이런저런 사실을 세심하게 입증하는 것 따위는 전혀 신경 쓰지 않습니다. 자연히 바라지 않는 대상에 비용을 지불하지는 않겠지요. 그렇게 키츠, 플로베르, 칼라일 같은 작가들은 특히나 한껏 창의적인 그들의 젊은 시절에 온갖 형태의 방해와 좌절을 경험합니다. 고백과 자기 분석을 담은 책들에서는 저주와 고통의 절규가 터져 나옵니다. "비참하게 죽은 위대한 시인들"—이것이 그들 노래가 짊어진 짐입니다. 이 모든 방해에도 불구하고 무언가라도 나온다면 그것은 기적입니다. 아마 애초에 마음먹은 그대로 아무 손상 없이 태어나는 책은 없을 것입니다.

하지만 여성에게는 이런 시련들이 무한대로 늘어났음을, 텅 빈 책장을 보며 생각했습니다. 우선, 19세기 초까지는 조용하거나 방음 장치가 된 방은 차치하고라도, 자기만의 방을 갖는 것 자체가 부모가 굉장한 부자이거나 높은 귀족이 아니고서는 가당치도 않은 일이었습니다. 아버지가 얼마나 후하게 주느냐에 따라 달라지는 적은 용돈으로는 겨우 옷이나 살 수 있을 정도였지요. 키츠나 테니슨, 칼라일처럼 가난한 남성들에게조차 허용된 도보 여행 혹은 프랑스로의 짧은 여행이나 보잘것 없더라도 가족들의 요구와 압제를 피해 몸을 피할 독립된 숙소 같은 것들은 그녀에게 전혀 해당되지 않았습니다. 그런 물질적인 시련도 어마어마했지만 그보다 더욱 끔찍했던 건 실체가 없는 것들이었습니다. 키츠나 플로베르, 그 밖의 천재성을 가진 남자들도 너무나 참기 힘들다고 여겼던 세상의 무관심은 그녀에게는 무관심이 아니라 적대감으로 다가왔습니다. 세상은 남성들에게 말하듯 "네가 원하면 써라. 나는 아무 상관도 없으니까." 라고 말하지 않았습니다. 세상은 폭소를 터뜨리며 말했지요. "글을 쓴다고? 네가 글을 쓰는 게 무슨 득이 되기나 해?" 나는 다시 한번 책장의 비어 있는 공간을 보며 생각했습니다. 뉴넘과 거턴의 심리학자들이 우리를 도우러 와야 한다고요. 이제는 낙담과 좌절이 작가의 마음에 미치는 영향을 측정해야 할 때입니다. 나는 유제품 회사에서 보통 우유와 A등급 우유가 쥐의 몸에 미치는 영향을 측정하는 실험을 본 적이 있습니다. 그들은 각각의 우리에 든 쥐 두 마리를 나란히 놓았는데 둘 중 한 마리는 주눅이 들어 있고 소심하며 작았고 다른 하나는 윤기가 흐르고 대담하고 크기도 컸습니다. 자, 우리는 여성 예술가에게 어떤 먹이를 주어야 할까요? 나는 서양자두와 커스터드가 나왔던 저녁 식사를 떠올리며 물었습니다. 그 질문에 답하기 위해서는 그저 석간신문을 펼치고 버컨헤드 경의 주장을 읽기만 하면 되었습니다. 하지만 버컨헤드 경이 여성들의 글쓰기에 대해 쓴 글을 옮기느라 애를 먹지는 않을 생각입니다. 잉 사제장이 뭐라고 했는지도 거론하지 않겠습니다. 할리 가의 전문가가 그의 포효로 할리 가에 메아리를 울리게 할 순 있겠지만 내 머리칼은 한 올도 서지 않을 것입니다.* 하지만 오스카 브라우닝 씨는 한때 케임브리지에서 널리 알려진 인물이었고 거턴과 뉴넘의 학생들에게 시험을 치르게 했던 인물이므로 인용해보겠습니다. 오스카 브라우닝 씨는 이렇게 공표하곤 했습니다. "학생들의 어떤 시험지를 보든 마음에 이런 인상이 남는다. 점수를 몇 점을 주었는지와는 별개로 아무리 최고의 여성이라도 가장 실력이 낮은 남자보다도 지적으로 열등하게 느껴진다." 브라우닝 씨는 이렇게 말을 하고 나서 그의 방으로 돌아갔는데 —여기서 이어지는 이야기는 그에게 정감이 가게 하고 그를 덩치가

VIRGINIA WOOLF

* 버컨헤드 경(1872~1930)은 당대의 (보수적인) 총장이었고, 잉 사제장(1860~1954)은 런던 세인트폴 대성당의 사제장이었다. 또한 할리 가는 가장 배타적으로 의료적 관행이 이루어지던 런던의 중심 거리이다.

크고 위풍당당한 한 인물로 만들어주는데—거기서 그는 소파에 누워 있는 마구간지기 소년을 봅니다. "뼈밖에 남지 않은 녀석의 뺨이 동굴처럼 꺼져 있고 병들어 보였다. 치아는 온통 검고 팔다리조차 온전히 쓰지 못하는 것 같았다…. '저건 아더야.' (브라우닝 씨가 말했다) '참으로 사랑스런 소년이고 무엇보다 고결하구나.'" 나에게는 언제나 이 두 그림이 서로를 완전하게 만들어주는 것 같습니다. 다행히도 전기가 유행하는 이 시대에 두 개의 그림은 종종 서로를 완전하게 만들어주고, 그럼으로써 우리는 위대한 남성들의 견해를 그들의 말뿐 아니라 행동을 가지고도 해석할 수 있습니다.

하지만 이런 해석이 오늘날엔 가능할지라도 50년 전에는 중요한 인물들의 입에서 나오는 말들은 무시무시한 영향력이 있었을 게 분명합니다. 여기 한 아버지가 있다고 가정해봅시다. 그는 그의 딸이 아주 고귀한 동기를 가지고 집을 떠나 작가나 화가, 철학자가 되기를 바라지 않았습니다. "브라우닝 씨가 뭐라고 하는지 좀 보렴." 그는 이렇게 말했겠지요. 오스카 브라우닝 씨만이 아니었습니다. 거기엔 문학평론지인 「새터데이 리뷰」도 있었고 "여성이라는 존재의 본질은 남자로부터 부양받고 남자에게 시중을 드는 것이다."라고 강조하여 말한 그레그 씨도 있었습니다. 그 밖에도 여성에게는 지적으로 기대할 만한 것이 없다는 취지의 남성적인 견해는 어마어마하게 많습니다. 그녀의 아버지가 이런 견해를 크게 소리 내어 읽어주지 않아도 어떤 소녀든 혼자서 그것을 읽을 수 있었고, 심지어 19세기에도 그 글은 그녀의 활력을 꺾고 작업에 심각한 영향을 주었을 겁니다. 언제나 맞서서 저항하고, 극복해야 할 주장들—넌 할 수 없어, 넌 능력이 없다니까—이 존재했습니다. 어쩌면 작가들에게는 이런 병균이 더 이상 큰 영향을 미치지 못하는 것 같습니다. 업적을 남긴 여성 소설가들이 있어 왔으니까요. 하지만 화가들에게는 그 안에 여전히 독침을 품고 있고, 심지어 음악가들에게는 균이 활발히 움직이며 극도의 독을 쏘아대고 있는 듯합니다. 지금의 여성 작곡가들은 셰익스피어 시대의 여배우들과 같은 처지에 놓여 있습니다. 제가 지어낸 셰익스피어의 여동생을 잠시 떠올려 봅시다. 거기서 닉 그린은 여자가 연기하는 걸 보면 개가 춤을 추는 게 떠오른다고 말했지요. 약200년 뒤에 존슨 박사는 설교하는 여성에 대해 그 구절을 다시 사용했습니다. 그리고 1928년, 이 품위의 시대에도 음악에 관한 책을 펼치면 작곡을 하려는 여성들에게 똑같은 단어가 다시 사용되고 있음을 알 수 있습니다. "제르멘 타이페르*에 관해서는 여성 설교자에 관한 존슨 박사의 격언을 음악 용어로 바꾸기만 하면 된다. '선생님, 여자들이 작곡을 하는 건 개들이 두 발로 서서 걷는 것과 같습니다. 제대로 되지도 않지만 일단 그런 일이 일어난다는 게 놀라울 따름이죠.'"** 역사는 이토록 정확히 똑같은 것을 반복하고 있습니다.

　　나는 오스카 브라우닝 씨의 책을 덮고 나머지 책들을 한쪽으로 치우며 결론을 지었습니다. 심지어 19세기에도 여성은 예술가가 되도록 장려되지 않았던 것이 너무나 명백하다는 사실을요. 반대로 그녀들은 무시

---

* 제르멘 타이페르(1892~1983): 프랑스의 작곡가. '프랑스 6인조'로 유명한 작곡가 집단에서 유일한 여성 멤버였다.

** 세실 그레이, 『현대음악의 고찰』 중 246쪽.

당하고 얻어맞고 설교와 훈계를 들었습니다. 그녀의 마음은 이것에 반대하고 저것에 아니라고 반박을 해야 하는 필요성에 짓눌려 혹사당하고 생명력은 떨어졌을 겁니다. 여기서 우리는 다시 여성운동에 크나큰 영향을 주었던 아주 흥미롭고 이해하기 힘든 남성의 복잡한 심리에 당도하게 됩니다. 즉 '그녀'가 반드시 열등하기를 바란다기보다는 '그'가 더욱 우월하기를 바라는 그들의 뿌리 깊은 욕망은 눈에 띄는 모든 자리에 '그'를 심어놓아 '그녀'가 예술뿐 아니라 정치로 향하는 길마저 막아버렸습니다. 심지어 자신에게 위험부담이 극히 적고 매우 겸손하고 헌신적으로 애원하는 사람에게도 마찬가지였습니다. 레이디 베스버러는 정치를 향한 열정이 있었음에도 겸손하게 자신을 낮추고 그랜빌 레버슨 가워 경에게 편지를 써야만 했습니다. "제가 공격적으로 정치운동을 하고, 그 주제에 대해 많은 말을 하긴 했지만, 저는 어떤 여성도 (만일 요청을 받는다면) 자신의 의견을 내는 것에서 나아가 이런저런 진중한 사안에 지나치게 간섭할 권리가 없다는 당신의 견해에 전적으로 동의합니다." 그렇게 그녀는 그 어떤 장애물도 만나지 못할 곳, 즉 영국 하원 의사당에서 이루어진 그랜빌 경의 최초 연설에서 엄청나게 중요한 그 주제를 논하는 데 자신의 열정을 쏟게 됩니다. 정말이지 이상한 광경이라고 생각했습니다. 여성의 해방에 반대하는 남성의 역사는 여성해방 그 자체보다 훨씬 흥미롭습니다. 거턴이나 뉴넘의 젊은 학생이 그 사례를 모아 이론을 도출해낸다면 놀라운 책이 나올 것입니다. 물론 그 여학생은 순수한 금으로 이루어진 자신을 지키기 위해 손에는 두꺼운 장갑을 끼고 막대기를 들어야만 하겠지요.

　　하지만 레이디 베스버러의 책을 덮으며, 지금은 재미있게 여겨지는 것들이 한때는 절실함과 진심을 다해 받아들여져야 했다는 사실이 다시 떠올랐습니다. 지금은 '꼬끼오'라는 이름이 붙은 책에 삽입되어, 여름밤 엄선된 청중들에게 읽어주기 위해 보관되는 그 견해들이 한때는 누군가의 눈물을 흘리게 했다고 장담할 수 있습니다. 여러분의 할머니와 할아버지 중에서도 눈이 퉁퉁 붓도록 눈물 흘린 분이 많았습니다. 플로렌스 나이팅게일도 극도의 고통 속에 비명을 질렀습니다.* 더욱이 대학에 들어갔고 자기만의 방을 갖고 있는—혹시 침실 겸 거실로 쓰는 방인가요?—여러분이, 천재들은 그런 견해를 무시해야 하고 무슨 말을 듣든 개의치 말아야 한다고 말하는 것은 어쩌면 당연한 일입니다. 불행하게도 자신들의 이야기에 가장 신경을 쓰는 사람들은 정확히 남성 또는 여성 천재들입니다. 키츠를 떠올려 보세요. 그가 자신의 묘비에 새긴 글귀를 되새겨봅시다. 테니슨을 생각해보세요. 또 누가 있나요,—하지만 예술가들이 자신에 대한 이야기에 과도하게 신경을 쓰는 본성이 있다는, 매우 불행하면서도 부정할 수 없는 예시들을 계속해서 들 필요는 없겠지요. 문학은 타인의 의견에 이성을 뛰어넘을 정도로 신경을 써온 사람들의 파편으로 뒤덮여 있으니까요.

그리고 그들이 가진 이런 민감성은, 창조적인 작업을 하는 데 어떤 마음 상태가 가장 적합한가, 하는

VIRGINIA WOOLF

* 리튼 스트레이치, 『대의』에 수록된 플로렌스 나이팅게일의 「카산드라」를 볼 것.

나의 본래의 질문으로 돌아가 생각해보면 이중으로 불행한 것입니다. 왜냐하면 내 앞에 펼쳐져 있는 『안토니와 클레오파트라』를 보며 추측건대, 예술가가 그의 내면에 있는 작품 전부를 온전히 자유롭게 하기 위해서는 엄청난 노력을 쏟아야 하는데, 그러려면 예술가의 마음은 셰익스피어의 마음처럼 강렬하게 타올라야 하기 때문입니다. 거기에는 어떤 장애물도, 소모되지 않는 이질적인 문제도 있어서는 안 됩니다.

　　왜냐하면 우리가 비록 셰익스피어의 마음 상태에 대해 아는 것이 없다고 말하지만, 그런 말을 하고 있는 와중에도 우리는 셰익스피어의 마음 상태를 말하고 있는 것입니다. 우리가 던*이나 벤 존슨**, 밀턴과 비교해서 셰익스피어에 대해 아는 것이 거의 없는 이유는 아마도 그의 원한과 악의, 반감이 우리에게 드러나지 않기 때문일 겁니다. 우리는 작가를 떠올리게 만드는 어떤 '폭로된 사실'로 인해 곤경에 빠지지 않습니다. 항의하고

---

* 존 던(1572~1631): 벤 존슨과 더불어 17세기 초의 주요 시인. (옮긴이)

** 벤 존슨(1572~1637): 영국의 극작가, 시인, 평론가. (옮긴이)

설교하고 상처를 보여주고 원한을 갚으려는 욕구, 세상을 고난과 불만의 증인이 되게 하려는 그 모든 욕구가 셰익스피어의 내면에서 불타올라 소모되었습니다. 그렇기에 그의 시는 그에게서 나와 자유롭게 막힘없이 흐릅니다. 만일 자신의 작품을 온전하게 표현해낸 자가 있었다면 그건 셰익스피어일 것입니다. 만일 아무런 방해도 받지 않고 강렬하게 타오르는 마음이 있었다면, 그것은 바로 셰익스피어의 마음이었다고, 나는 다시 서가로 돌아가며 생각했습니다.

VIRGINIA WOOLF

16세기에 그런 마음 상태에 있는 여성을 찾기란 명백히 불가능한 일이었습니다. 자손들이 두 손을 모은 채로 엘리자베스 시대의 묘비 앞에 무릎을 꿇고 있는 모습, 또 이른 나이의 죽음과 어둡고 갑갑한 방이 있는 그들의 집을 떠올려 보면 그 시대에 시를 쓸 수 있는 여성은 없었다는 사실을 깨닫게 됩니다. 우리가 기대할 수 있는 건 시간이 좀 흐른 후에 어떤 뛰어난 귀부인이 비교적 자유로운 위치와 안락함을 이용해 자신의 이름을 새긴 무언가를 출간하고서 사람들에게 괴물 취급을 받을 위험부담을 감수하는 것이겠지요. 레베카 웨스트 양이 쓴 "터무니없는 페미니즘"을 조심스레 피하며 계속 이야기해보자면, 물론 남성들이 속물인 건 아니지만 그들은 백작 부인이 시를 쓰려는 노력에 대체로 연민을 가지고 인정합니다. 지위가 높았던 귀부인은 당대의 무명이었던 제인 오스틴이나 브론테 양보다 훨씬 더 많은 격려를 받았으리라 예상할 수 있습니다. 하지만 그녀의 마음은 두려움, 증오와 같은 생경한 감정으로 혼란스러웠으며 시에서도 그런 혼란의 흔적이 드러났으리라는 것을 짐작할 수 있습니다. 일례로 여기 레이디 윈칠시가 있습니다. 나는 책장에서 그녀의 시집을 꺼내며 생각했습니다. 그녀는 1661년에 태어났고 출신이나 결혼생활 모두 상류층이었습니다. 그녀에게는 아이가 없었고 시를 썼지요. 그녀의 시들을 펼쳐 보기만 하면 그녀가 여성의 지위에 대해 분개하고 있다는 사실을 알 수 있습니다.

우리는 얼마나 패대기쳐진 것인가! 잘못된 다스림과,
자연의 소산이 아닌 잘못된 교육으로 만들어진 바보.
마음을 드높이는 모든 것으로부터 배제된 채,
둔해지기를 요구받고 계획된 바보.
누군가 다른 사람들 위로 하늘 높이 치솟아 오르면
더욱 뜨거운 욕망과 억눌린 야망을 가진 그들은,
여전히 나타나는 반대파의 등장이 너무나 강력하여
번영을 위한 바람은 결코 그 두려움보다 더 커질 수 없네.

분명 그녀의 마음은 '모든 장애를 소진해버리고 눈부시게 타오르지' 못했습니다. 오히려 증오와 원망으로 괴롭힘을 당했지요. 그녀에게 인류는 두 파로 나뉘었습니다. 남자들은 반대 당파였습니다. 남성은 증오와 두려움의 대상이었습니다. 왜냐하면 그들에게는 그녀를 막아설 힘이 있었으니까요. 그녀가 원하는 것, 바로 글을 쓰는 것을요.

아아, 펜을 잡으려는 여성이여,

그저 주제넘은 생물로 간주되는구나.

그 결함은 장점으로도 구제될 수가 없네.

그들은 말하네, 우리가 우리의 성별과 살아가는 방식을 오해하고 있다고.

훌륭한 성품, 유행, 춤, 복장, 놀이,

이 모든 것이 우리가 갈구해야 할 업적이라고.

글을 쓰고, 읽고, 생각하고, 탐구하는 것이

우리의 아름다움을 흐려지게 하고 우리의 시간을 소모하고

전성기에 있는 남성의 정복을 방해한다고.

반면 굽실거리며 지루한 집안일을 하는 것이
우리가 할 수 있는 최고의 예술이자 쓰임이라고.

실제 그녀는 자신이 쓴 글이 절대 출판되지 않
을 거라고 가정하며 스스로를 격려했고 슬픈 노래로 자
기 자신을 위로했습니다.

얼마 되지 않는 친구들에게, 그들의 슬픔을 노래하라,
월계수 숲을 위해 그대가 태어난 것은 아니니,
그대의 그늘을 충분히 어둡게 드리우고 그 안에서 스스로 만족
하라.

그러나 그녀의 마음이 증오와 두려움에서 자
유로워지고 쓰라림과 후회를 쌓아두지 않을 수 있었다
면 분명 불길은 그녀 안에서 더욱 뜨거웠을 겁니다. 그녀
는 이따금씩 순수한 시를 발표합니다.

색이 바래어가는 실크로는 만들지 않겠네,

견줄 데 없는 그 장미를 가냘프게.

　　　　이 시들은 머리 씨에게 적절한 칭찬을 받았고,
포프 씨도 다른 시들을 잊지 않고 있다가 인용했다고 합
니다.

이제 노란 수선화가 힘이 없는 머리를 압도하고
우리는 그 향기로운 고통으로 쓰러지네.*

　　　　이런 시를 쓰고, 그 마음이 자연으로 향하고 그
걸 표현할 수 있는 여성이 분노와 쓰라림을 강요받아야
했다는 것은 몹시 유감스러운 일입니다. 하지만 그녀가
스스로를 구제할 방도가 있었을까요? 조롱과 폭소, 아첨
꾼들의 과장된 칭찬, 전문 시인들의 회의주의적인 태도

---

* 원칠시의 백작 부인인 앤 핀치는 『Oxford Companion to English Literature』 1967년판에 '이따금씩 노래하는 쾌활한 작가'로 묘사되고 있다. 그럼에도 포프와 셸리 둘 다에게 영향을 끼쳤다. 그녀의 시들은 유명한 평론가 존 미들턴 머리의 1928년 출간물에 소개되었다. 첫 세 개의 구절은 그녀의 시 「The Introduction」에서, 이어 나오는 네 구절은 「The Spleen」에서 발췌되었다. 『An Essay on Man(1733)』에서 포프는 "그 향기로운 고통 속에서 장미로 인해 죽다."라는 구절을 썼는데 이는 그녀의 시구 "우리는 그 향기로운 고통으로 쓰러지네."를 떠올리게 한다.

를 상상하면서 자문해보았습니다. 그녀는 글을 쓰기 위해 멀리 떨어진 시골의 한 방에 스스로를 가두고는 어쩌면 쓰라림과 양심의 가책으로 갈가리 찢겨졌을 것입니다. 아무리 그녀의 남편이 친절하고 그들의 결혼생활이 완벽했다고 해도 말이지요. 그녀가 '틀림없이 그랬을' 거라고 생각합니다. 레이디 윈칠시에 대해 알아보려고 해도 늘 그렇듯이 그녀에 관해 알려진 것은 거의 없었으니까요. 그녀는 우울증으로 끔찍한 고통을 겪었을 것입니다. 그녀가 상상하던 것들로 인해 그녀가 얼마나 시달리고 있었는지는 우리에게 해주는 말을 통해서 그 크기나마 설명할 수 있습니다.

나의 시는 매도되고, 나의 이 일은
쓸모없는 어리석음, 주제넘은 실수라 여겨지네.

　　그렇게 질책을 당하는 그 일이란, 우리가 아는 바로는 들판을 거닐고 공상을 하는 무해한 것이었습니다.

내 손은 흔치 않은 것들을 따라가는 것은 기꺼워하고,

널리 알려지고 일상적인 길은 벗어나네.

색이 바래어가는 실크로는 만들지 않겠네,

견줄 데 없는 그 장미를 가냘프게.

자연스럽게도, 그것이 그녀의 취미였고 그녀에게 기꺼운 일은 비웃음을 살 거라는 사실을 예상했을 것입니다. 그런 이유로 포프나 게이*는 그녀를 "끼적거리고 싶어 근질거리는 블루 스타킹** 같다."고 풍자했습니다. 그녀 또한 게이를 비웃음으로써 그의 기분을 상하게 했다고 합니다. 그녀는 『트리비아』가 "그는 의자에 앉는 것보다 그 앞에 서서 걸어가는 게 더 어울린다."는 걸 보여주는 작품이라고 말했습니다. 하지만 머리 씨

---

* 존 게이(1685~1732): 극작가이자 시인, 작가. 보수당 계열의 문인들과 교류하면서 유머 넘치는 장시 『트리비아』 등을 썼다. 속요(俗謠) 오페라의 대표작인 『거지 오페라』로 유명하다.

** 블루 스타킹: '블루 스타킹'이란 1750년대에 저녁 파티를 주관하던 여성들의 모임이다. 카드 게임과 이브닝 드레스를 거부하고 문학적인 대화를 좋아해, 저명한 문인들을 초대했다. 모임의 한 멤버인 벤저민 스틸링플릿은 검은색 이브닝 드레스 대신에 파란 소모사로 지은 스타킹을 자주 입고 참석해, 문학적 취향이 있는 여성들에게 '블루 스타킹'이라는 별명이 붙었다. (옮긴이)

는 이건 모두 "수상쩍은 소문"이며, "흥미로울 것 없는" 일이라고 말합니다. 그런데 나는 그의 말에 동의하지 못하겠습니다. 들판을 거닐고 비일상적인 것들을 생각하기를 좋아했던 이 여인, 너무나 성급하고 현명하지 못하게 "굽실거리며 지루한 집안일을 하는 것"을 경멸했던 이 우울했던 귀부인의 이미지를 더 찾아내고 만들어내기 위해서는 이런 수상쩍은 소문이라도 많이 있기를 바라야 하니까요. 하지만 머리 씨는 그녀가 산만해졌다고 말했습니다. 그녀의 재능은 온통 잡초와 함께 자라고 들장미에 휘감겼습니다. 그것이 훌륭하고 기품 있는 재능이었다는 것을 스스로 내보일 기회는 없었습니다. 나는 그녀의 책을 다시 책장으로 돌려놓으며 또 다른 훌륭한 귀부인을 찾아보았습니다. 그녀는 램이 사랑했던, 종잡을 수 없고 환상적인 매력을 지닌 뉴캐슬의 마거릿* 공작 부인으로 윈칠시의 귀부인보다는 나이가 많았지만 동시대에 살았던 인물입니다. 두 사람은 서로 완전히 달

---

* 마거릿 캐번디시(1624?~1674): 뉴캐슬의
공작 부인. 『불타는 세계』의 저자. (옮긴이)

랐지만 둘 다 귀족이고 아이가 없었다는 점에서는 닮았습니다. 둘 다 최고의 남편과 결혼을 했다는 점도요. 또한 두 사람 모두 시에 대한 열정을 불태웠으나 같은 이유로 훼손되고 망가뜨려졌지요. 공작 부인의 책을 열어보면 분노가 터져 나오는 것을 볼 수 있습니다. "여자는 박쥐나 올빼미와 같아서 짐승처럼 일하고 벌레처럼 죽는다…" 마거릿 또한 시인이 될 수 있었을 겁니다. 우리 시대에서라면 그런 모든 활동이 그녀가 탄 수레의 바퀴 방향을 돌려주었을 테니까요. 당시에는 무엇이 인간의 거칠고 풍부하며 교육받지 못한 지성을 인류를 위해 사용할 수 있도록 하나로 묶고 길들이고 개화할 수 있었을까요? 그것은 운문과 산문, 시와 철학의 급류에 뒤섞여 엉망으로 쏟아져 나와 아무도 읽지 않는 4절판이나 2절판 크기의 책 안에 엉겨 붙은 채로 서가에 세워져 있습니다. 그녀는 현미경을 손에 들었어야 합니다. 그녀는 별을 보고 과학적으로 사고하는 법을 배워야 했습니다. 그녀의 재치는 고독과 자유로 인해 변해버렸습니다. 아무도 그녀를 살피지 않았고 아무도 그녀를 가르치지 않았습니다. 교수들은 그녀의 비위만 맞추었습니다. 궁정에서는 그녀를 비웃었습니다. 에거턴 브리지스 경은 그녀의 조악함이 마치 "궁정에서 자라난 상류층 여성에게서 흘러나오듯" 하다며 투덜댔습니다. 그녀는 홀로 웰백으로 들어가 틀어박혔습니다.[*]

　　　마거릿 캐번디시를 생각하면 너무나 외롭고 소란스러운 광경이 떠오릅니다. 마치 장미와 카네이션이 만발한 정원에서 홀로 우뚝 자라난 거대한 오이가 그들을 질식시켜 죽음에 이르게 한 것처럼 말이에요. "가장 잘 자라난 여성은 마음이 공손한 상태이다."라고 쓴 사람이 말도 안 되는 걸 쓰느라 시간을 낭비하고 모호함과 어리석음 속으로 더 깊이 빠져드는 것은 얼마나 소모적인 일인가요? 그녀가 출간물을 낼 때면 사람들이 그녀의 마차 주위로 몰려드는 지경에 이르면서까지 말입니다. 분명히 그 정신 나간 공작 부인은 영리한 소녀들을

VIRGINIA WOOLF

[*] 에거턴 경은 뉴캐슬의 공작 부인이 쓴 『The Memoir』에 서문을 써주었다. 웰백은 그들의 시골 저택이 있는 곳이다.

겁에 질리게 할 유령이 되었습니다. 나는 뭔가 기억이 떠올라서 공작 부인의 책을 밀쳐두고 도로시 오즈번의 편지*를 펼쳤습니다. 도로시가 템플에게 공작 부인의 새로운 책에 대해 쓴 편지였습니다. "그 불쌍한 여인은 분명히 살짝 정신이 나간 것 같아요. 감히 책을 쓰고 시까지 쓰려 하다니요. 이보다 더 우스꽝스러워질 수는 없을 거예요. 내가 아무리 2주나 잠을 못 잔다고 해도 그 지경까지 가진 않을 거예요."

이렇게 지각이 있고 단정한 여성이라면 책을 쓸 수 없었기 때문에, 예민하고 우울한 성격을 가진 공작 부인과 정반대 기질의 도로시는 아무것도 쓰지 않았습니다. 편지는 여기에 해당되지 않습니다. 여성은 아버지의 병상 곁에 앉아 편지를 쓸 수 있었고, 남자들이 이야기를 나누는 동안에 그들을 방해하지 않고 불가에 앉아 쓸 수도 있었지요. 도로시의 편지들이 담긴 책장을 넘겨

* 도로시 오즈번(1627~1695)의 편지: 1655년에 그녀와 결혼한 윌리엄 템플 경에게 보낸 그녀의 편지들을 묶은 것으로 1928년에 출간되었다.

보며 나는 정말 신기하다고 생각했습니다. 이 교육도 받지 못한 고립된 소녀에게는 문장을 구성하고 장면을 빚어내는 재주가 있었습니다. 이어지는 편지 내용을 들어보세요.

"저녁 식사 후에 우리는 앉아 이야기를 나누었습니다. B 씨가 물어볼 것이 있어 찾아왔기에 나는 밖으로 나왔지요. 한낮의 열기는 책을 읽고 일을 하며 쓰고, 6시나 7시쯤에 바로 집 가까이에 있는 공터로 나갔답니다. 그곳에는 여러 명의 젊은 아가씨들이 그늘에 앉아 양과 암소 들을 지키면서 발라드를 부르고 있었어요. 나는 다가가 그들의 목소리와 아름다움을 책에서 읽었던 고대의 양치기 소녀들과 비교해보고는 거기에 엄청난 차이가 있다는 걸 발견했습니다. 하지만 분명히 그 소녀들만큼이나 이들도 순진하다고 생각해요. 나는 그들과 말을 나누면서 그들이 세상에서 가장 행복한 사람이 되기 위해 더 필요한 것은 아무것도 없다는 사실을 알았습니다. 그들이 이미 행복한 사람이라는 사실을 깨달을 수 있는 지식만 빼고 말이지요. 우리가 한참 이야기에 빠져 있는 동안 줄곧 주위를 둘러보던 한 아이가 암소들이 밭으로 들어가는 걸 알아챘습니다. 그러자 다들 뒤꿈치에 날개라도 달린 것처럼 잽싸게 달려 나가더군요. 나는 그렇게 빠르지가 못해서 뒤에 남았습니다. 처자들이 소들을 집으로 몰아 들어가는 걸 보고서 나 역시 자리를 떠야 할 시간이구나, 생각했어요. 저녁 식사를 하고 정원으로 들어가 그 옆에 있는 작은 개울가로 갔어요. 그곳에 앉아 바랐지요. 당신이 나와 함께 있다면…"

그녀의 내면에 작가의 자질이 있다고 맹세할 수 있을 정도입니다. 하지만 "내가 아무리 2주나 잠을 못 잔다고 해도 그 지경까지…"—글쓰기에 훌륭한 재능을 가진 여성조차도 책을 쓰는 일은 우스꽝스럽고 심지어 스스로 정신이 산란하다는 걸 내보이는 거라고 믿었다는 점에서 우리는 여성의 글쓰기에 대해 만연한 적대감의 크기를 가늠할 수 있습니다. 나는 도로시 오즈번의 편지들이 담긴 단 한 권의 짧은 책을 서가에 올려두고 계속해서 벤 부인*을 다뤄야겠다고 생각했습니다.

벤 부인으로 인해 우리는 길 위의 아주 중요한

모퉁이를 돌아섭니다. 2절판 커다란 책 안에서 자기들만의 공원에 갇혀, 오로지 자신의 즐거움만을 위해 독자도 비평가도 없이 글을 썼던 고독한 귀부인들을 뒤로 한 채 우리는 떠납니다. 우리는 도시로 가 거리에서 보통 사람들과 만나 어울립니다. 벤 부인은 평민 수준의 유머와 활력, 용기를 갖춘 중산층이었습니다. 또 남편의 죽음과 몇 가지 불행한 사건을 겪으면서 스스로의 기지로 생계를 꾸려나가야 했습니다. 남자들과 평등하게 일해야 했지요. 그녀는 열심히 일해서 충분히 먹고살 만하게 되었습니다. 그런 사실이 갖는 중요성은 그녀가 쓴 것들, 「내가 만난 천 명의 순교자들」이나 「환상적인 승리 안에 사랑이 내려앉아」 같은 훌륭한 작품들보다도 더 대단한 것입니다. 왜냐하면 여기에서 마음의 자유 아니, 그보다는 충분한 시간을 거치면 마음이 향하는 대로 자유롭게 글을 쓸 수 있게 될 거라는 가능성이 시작되기 때문입니다.

VIRGINIA WOOLF

* 애프라 벤(1640~1689): 극작가이자 시인, 소설가였고 찰스2세의 스파이였다. 글쓰기를 업으로 삼은 영국 최초의 여류 작가 중 한 명으로 문화적 장벽을 깼으며, 이후 여성 작가들에게 문학적 롤모델로 여겨졌다.

이제 애프라 벤이 그것을 해냈기 때문에 소녀들은 부모에게 가서 이렇게 말할 수 있습니다. "저에게 용돈을 주실 필요 없습니다. 제 펜으로 돈을 벌 수 있어요." 물론 이후 수년 동안 이런 대답을 들었지요. "그래, 애프라 벤처럼 살겠다고? 차라리 죽는 게 낫지." 곧이어 그 어느 때보다도 빨리 쾅, 소리를 내며 문이 닫히겠지요.

남성이 여성의 순결에 씌운 가치와 그것이 여성의 교육에 미친 영향이라는 몹시 흥미로운 주제가 여기서 논의할 거리를 줍니다. 거턴이나 뉴넘의 학생이 이 문제를 파고든다면 흥미로운 책을 제공할 수 있을 겁니다. 스코틀랜드의 황무지에서 각다귀들에 둘러싸여 다이아몬드를 온몸에 두른 채 앉아 있는 레이디 더들리가 책의 표지 그림으로 적당하겠네요. 일전에 레이디 더들리가 죽었을 때, 「타임스」에서는 더들리 경에 대해 이렇게 기사를 실었습니다. "세련된 취향과 많은 업적을 이룬 자애롭고 너그러운 사람이었지만 변덕스럽고 전제적이었다. 심지어 하이랜드의 사냥 오두막에서조차 부인에게 의복을 모두 갖춰 입기를 고집했다. 그는 그녀에게 화려한 보석을 잔뜩 안겨주었고, 언제나 모든 것을 그녀에게 주었다. 책임감만을 제외하고." 더들리 경은 뇌졸중을 일으켰고, 그녀는 그를 간호하고 이후에는 놀라운 능숙함을 보이며 그의 사유지를 관리했습니다. 저 변덕스러운 전제주의는 19세기에도 존재했던 것입니다.

하지만 다시 돌아가죠. 애프라 벤은 글을 쓰며 돈을 벌 수 있다는 걸 증명했습니다. 어쩌면 기분 좋은 자질을 희생했을지도 모르겠지만요. 그렇게 점차적으로 글쓰기는 어리석음과 산만한 마음의 징후가 아닐뿐더러 실질적인 중요성을 가진 표식이 되어갔습니다. 남편이 죽을 수도 있고 어떤 재앙이 가족을 덮칠 수도 있습니다. 18세기가 되면서 수백 명의 여성들이 번역을 하거나 교과서에도 실리지 못하고 채링크로스 가에서 권당 4페니짜리 상자에 담겨 팔리는 숱한 저질 소설을 써서 용돈에 보태거나 가족들을 구제하기 시작했습니다. 18세기 여성들 사이에서 나타난 활발한 마음의 움직임─대화하고 모임 갖기, 셰익스피어에 대한 에세이 쓰기, 고전문학 번역하기 등으로 나타나는─은 여성이 글쓰기로 돈을 벌 수 있다는 확고한 사실에 기초하고 있습니다. 돈으로 대가를 받지 못할 때는 하찮아 보이는 일도 돈을 받으면 위엄이 생기죠. 물론 여전히 "끼적거리고 싶어 근질거리는 블루 스타킹"을 비웃을지도 모르지만 그들이 지갑에 돈을 집어넣을 수 있다는 걸 부정할 수는 없었을 겁니다. 이렇게 18세기 끝 무렵으로 가면서 변화가 일어나는데, 만일 내가 역사를 다시 쓴다면 십자군 전쟁이나 장미 전쟁보다 이것을 더 충분히, 훨씬 중요하게 다룰 것입니다. 바로 중산층 여성들이 글을 쓰기 시작했다

는 사실입니다. 만약 『오만과 편견』이 중요하다면, 『미들마치』와 『빌렛』, 『폭풍의 언덕』이 중요하다면, 시골 저택에서 자기가 쓴 2절판 책과 아부하는 사람들에 둘러싸인 귀족만이 아니라 일반 여성들이 글을 쓰게 되었다는 건, 내가 단 한 시간의 강연으로는 다 증명할 수 없을 정도로 너무나 중요합니다. 이런 선구자들이 없었다면 제인 오스틴과 브론테 자매, 조지 엘리엇은 글을 쓸 수 없었을 것이고, 마찬가지로 셰익스피어 역시 말로가 없었다면, 말로는 초서가 없었다면, 초서는 앞서 길을 닦

고 자연적인 야만성을 담은 말을 길들였던 잊힌 시인들이 없었다면 글을 쓸 수 없었을 것입니다. 걸작이란 홀로 독단적으로 태어나는 것이 아니라 많은 사람들이 공동으로 오랜 시간 생각해온 결과이기 때문입니다. 때문에 단 하나의 목소리 뒤에는 다수의 경험이 있습니다. 제인 오스틴은 패니 버니의 무덤 앞에 화환을 놓아야 하고, 조지 엘리엇은 일찍 일어나 그리스어를 배우기 위해 침대 틀에 종을 매달았던 단호한 노파, 엘리자 카터*의 강건한 그림자에 경의를 표해야 했을 겁니다. 웨스트민스터 사원에 가장 논란이 되었지만 마땅히 안치되어 있는 애프라 벤의 무덤에 여성들은 다 함께 꽃을 바쳐야 합니다. 여성들에게 마음을 소리 내어 말할 권리를 가져다 준 건 그녀이기 때문이지요. 오늘 밤 당신에게 "당신의 재능으로 연 500파운드를 벌어 오시오."라고 말하는 것이 완전히 허무맹랑한 소리로 들리지 않게 만들어준 것도—좀

* 엘리자 카터(1717~1806): 영국의 시인, 고전주의자, 작가, 번역가, 언어학자. 에픽테토스 담론의 첫 번째 영어 번역본으로 존경을 받았다. 존슨 박사의 친구이자 '블루 스타킹' 모임의 오리지널 멤버이다.

그늘지고 문란하긴 했지만—그녀입니다.

그런 다음 이제 19세기 초에 이르렀습니다. 이제야 처음으로 여성들의 작품으로 온전히 채워진 서가를 발견했습니다. 그런데 그 책들을 훑어보면서 나는 소수를 제외하고는 어째서 모두 소설인지 묻지 않을 수 없었습니다. 근원적인 충동은 시였습니다. 노래의 '최고 자리'는 여류 시인이었지요.* 프랑스와 영국 두 나라에서 여류 시인들은 여류 소설가보다 앞서갔습니다. 게다가 유명한 네 사람의 이름들을 보며 떠오른 생각은, 조지 엘리엇과 에밀리 브론테 사이에 어떤 공통점이 있나요? 샬롯 브론테는 제인 오스틴을 오롯이 이해하는 데 실패하지 않았나요? 그들 중 누구도 아이가 없었다는 사실을 제외하고는 이보다 더 안 어울리는 네 사람이 한 방에서 만날 일은 없을 겁니다. 그렇기에 그들이 만나 대화하

---

* 울프는 그리스 초기 여류 시인인 사포(Sappho, BC612년)를 위해 스원번의 「안녕, 그리고 잘 가」를 인용하였다. 사포는 찬가를 쓰고 시를 사랑한 유명한 서정 시인으로 스원번에 의해 그녀의 작품 일부가 번역되었다.

는 모습을 지어내고 싶은 유혹이 생기기도 합니다. 그들은 글을 쓸 때 어떤 이상한 힘에 이끌려 소설을 쓰게 됩니다. 나는 그것이 중산층 출신인 것과 무슨 관련이 있을까, 자문해보았습니다. 후에 에밀리 데이비스 양이 19세기 초 중산층 가정에서는 온 가족이 거실 하나를 공유했다는 사실을 입증한 것이 굉장히 눈에 띄었는데 그 사실과 관련이 있을까요? 만일 여성이 글을 썼다면 공동으로 쓰는 거실에서 써야만 했을 것입니다. 그리고 나이팅게일 양이 격렬하게 불평했듯이 ─ "여자들은 절대로 단 30분의 시간도 온전히 가질 수 없다… 자기만의 것이라고 부를 수 있는 시간을" ─ 그녀들은 언제나 방해를 받았습니다. 그렇기에 그곳에서 산문이나 픽션을 쓰는 것이 시나 희곡을 쓰는 것보다는 수월했을 것입니다. 집중력이 덜 요구되니까요. 제인 오스틴은 삶의 마지막까지 그러한 상황에서 글을 썼습니다. 그녀의 조카는 자신의 회고록에서 이렇게 썼습니다. "이모께서 어떻게 이 모든 것을 이루어낼 수 있었는지 놀라울 따름이다. 왜냐하면 이모는 글을 다듬을 독립된 서재도 없이 대부분의 작업을 온갖 종류의 일상적인 방해를 받으며 거실에서 해야 했을 테니까. 이모는 자신의 직업이 하인이나 손님들 또는 가족의 범위에서 벗어나는 사람들에게 들키지 않도록 대단히 세심한 주의를 기울였다."* 실제 제인 오스틴은 그녀의 원고를 숨겨두거나 잉크를 닦는 압지로 덮어두었습니다.

다시 돌아가서, 19세기 초에 여성들이 받았던 문학수업은 인물을 관찰하고 감정을 분석하는 것이 전부였습니다. 그녀들의 감수성은 수 세기 동안 거실에서 받은 영향으로 육성되었지요. 사람들의 감정이 그녀에게 깊은 인상을 주었고 개인의 인간관계가 언제나 그녀의 눈앞에 펼쳐졌습니다. 그런 이유로 중산층 여성이 글을 쓰게 되면, 그녀는 자연스럽게 소설을 썼습니다. 그렇긴 해도 증거에서 충분히 알 수 있듯이 여기 거론한 유명한 네 명의 여성 작가 중 두 명은 타고난 소설가가 아니었습니다. 에밀리 브론테는 시극을 썼어야 했어요. 조지

142
\
143

* 제임스 에드워드 오스틴-리(제인 오스틴의
조카), 『제인 오스틴에 대한 회고록』.

엘리엇의 넘쳐나는 넓은 마음은 그 창의적 충동이 역사나 전기에 쓰였을 때 폭넓게 펼쳐졌을 겁니다. 그러나 그들은 소설을 썼습니다. 책장에서 『오만과 편견』을 꺼내 들며, 나는 더 나아가 그들이 좋은 소설을 썼다고 말할 수 있다고 생각했습니다. 남성들에게 뽐내거나 고통을 주지 않고도 『오만과 편견』은 좋은 소설이라고 말할 수 있을 것입니다. 어쨌든 『오만과 편견』을 쓰는 중에 들킨 걸 수치스러워할 일은 아니라는 겁니다. 그러나 제인 오스틴은 문에서 삐걱 소리가 나는 걸 반겼습니다. 그래야 누가 들어오기 전에 원고를 숨길 수 있었을 테니까요. 제인 오스틴에게는 『오만과 편견』을 집필하는 데에 무언가 남부끄러운 것이 있었습니다. 그런데 만약, 제인 오스틴이 손님들이 보지 못하게 원고를 반드시 숨겨야 한다고 생각하지 않았다면 더 나은 소설이 되었을까요? 그걸 알아보기 위해 한두 쪽을 읽어보았지만 그녀의 환경이 작품에 조금이라도 해를 입혔다는 징후는 전혀 찾아볼 수 없었습니다. 아마도 그 점이 가장 경이로운 일이겠지요. 여기, 1800년대 즈음에 증오도, 쓰라림도, 두려움도

VIRGINIA WOOLF

없이, 그리고 설교도 하지 않으면서 글을 쓰는 한 여인이 있었습니다. 나는 『안토니와 클레오파트라』를 보면서 셰익스피어가 글을 쓰는 방법이 바로 그것이라고 생각했습니다. 또 사람들이 셰익스피어와 제인 오스틴을 비교할 때면, 두 작가의 마음은 모든 방해물을 태워버렸다고 해석됩니다. 그런 이유로 우리는 제인 오스틴을 알지 못하고 셰익스피어를 알지 못합니다. 또 그런 이유로 제인 오스틴은 그녀가 쓴 모든 단어에 스며들어 있고 셰익스피어 역시 그렇습니다. 만일 제인 오스틴이 그녀의 환경에서 어떤 식으로든 고통받았다면 그것은 그녀에게 강요된 삶의 편협함이었을 겁니다. 여성이 혼자 돌아다니는 것이 불가능했으니까요. 그녀는 단 한 번도 여행을 하지 않았습니다. 버스를 타고 런던을 돌아다닌 적도, 혼자서 식당에서 점심을 먹은 적도 없습니다. 하지만 어쩌면 그건 자신이 가지지 않은 것은 원하지 않았던 제인 오스틴, 그녀의 천성이었을지도 모릅니다. 그녀의 재능과 상황은 서로에게 완벽히 부합했습니다. 하지만 『제인 에어』를 펼쳐 『오만과 편견』 옆에 두면서 나는 과연 그것이 샬롯 브론테에게도 적용되는 이야기일까, 의구심이 들었습니다.

책을 열어 12장을 펴니 어떤 구절이 눈길을 사로잡았습니다. "누구든 원하는 자는 나를 비난해도 좋다." 무엇 때문에 그들이 샬롯 브론테를 비난하는 걸까요? 난 궁금했습니다. 그래서 페어팩스 부인이 젤리를 만드는 동안 제인 에어가 어떻게 지붕으로 올라가 멀리서 들판을 바라보곤 했는지 읽어 내려갔습니다. 지붕에 올라간 그녀는 무언가를 간절히 바랐는데, 그들이 그녀를 비난했던 게 바로 이것이었습니다. "그러고 나서 나는 볼 수 있는 힘을 갈구했다. 저 한계를 뛰어넘을 수 있는, 들어본 적은 있지만 본 적은 없는 그 분주한 세상과 도시들, 생명으로 가득한 번화한 곳들에 가닿을 수 있는 힘을. 그때 난 내가 소유하고 있는 것보다 더 실제적인 경험을, 내가 이곳에서 접할 수 있는 범위를 벗어나 나와 비슷한 사람들과의, 또 다양한 성격의 사람들과의 교류를 갈망했다. 페어팩스 부인의 미덕과 아델라의 좋은 점을 소중하게 생각했지만 더욱 생생한 종류의 미덕이 존재한다고 믿었고 내가 바라는 것을 보고 싶었다."

　　"누가 나를 비난할까? 의심의 여지없이 많은 이들이 그럴 것이고 내가 불만에 가득 찼다고 말하겠지. 나도 어쩔 수가 없었다. 차분하지 못한 건 내 천성이었다. 때때로 그것이 나를 고통스럽게 뒤흔들었다…."

　　"인간이 평온함에 만족해야만 한다고 말하는 건 헛된 소리다. 그들은 행동을 취해야만 한다. 만일 그걸 찾을 수 없다면 만들어낼 것이다. 수백만 명의 사람들이 나보다 더 고요 속에 살아야 한다는 운명의 저주를 받았고, 수백만 명의 사람들이 그들의 운명에 대항하여 조용히 반란을 일으키고 있다. 이 땅의 무수한 생명들 사이에서 얼마나 많은 반란이 발효되고 있는지 아무도 모른다. 여성은 보통 몹시 차분해야 한다고 여겨진다. 하지만 여성도 남성이 느끼는 것과 똑같이 느낀다. 그들도 남자 형제들만큼 능력을 키우기 위해 훈련받기를 원하고 그들의 노력을 쏟을 장을 필요로 한다. 그들도 정확히 남성들과 똑같이 너무 엄격한 규제와 절대적인 정체에 고통받는다. 우리보다 더 많은 특권을 가진 인류의 동포들은,

여성들은 푸딩을 만들고 양말을 기우는 것, 피아노를 연주하고 가방에 자수를 놓는 일에만 전념해야 한다고 말하는데 이것은 속 좁은 소리다. 만일 여성이 그들의 성별에 필요하다고 표명된 관습 이상으로 더 많은 것을 하려하고 더 배우려고 할 때 그들을 비난하거나 비웃는 것은 몰지각한 짓이다."

"이렇게 나는 혼자 있을 때 이따금씩 그레이스 풀의 웃음을 들었다….'

이렇게 이야기가 중단되다니요, 정말 어색했습니다. 갑작스러운 그레이스 풀의 등장에 혼란스러웠습니다. 연속성이 흐트러졌습니다. 나는 『오만과 편견』 옆에 그 책을 내려놓으며 계속 생각했습니다. 어쩌면 그 몇 페이지를 쓴 여성은 제인 오스틴보다 더 많은 천재성을 지녔다고 말할 수 있을지도 모릅니다. 하지만 만일 그 글을 반복해서 읽고 그 안에서 경련과 분함을 발견한다면 그녀가 자신의 천재성을 결코 온전히 그리고 오롯이 표현해내지 못할 거라는 사실을 알게 됩니다. 그녀의 책들은 변형되고 비틀릴 테니까요. 차분하게 써야 할 곳에서 격렬한 분노를 느끼며 쓸 것이고 현명하게 써야 할 곳에서 어리석게 쓰게 될 것입니다. 등장인물을 써야 할 자리에 자기 자신을 쓸 것입니다. 그녀는 자신의 운명과 전쟁을 치르고 있습니다. 갑갑하게 갇혀 좌절된 그녀가 어떻게 젊은 나이에 죽지 않을 수 있었을까요?

샬롯 브론테가 1년에 300파운드를 소유했다면 무슨 일이 생겼을까, 잠시 생각해보지 않을 수 없습니다. 하지만 그 어리석은 여인은 150파운드에 자신이 쓴 소설의 저작권을 곧장 팔아버렸습니다. 어떻게든 그녀가 저 분주한 세상과 도시들, 생명으로 가득한 번화가의 지식을 갖고 있었더라면, 더 실제적인 경험을 갖고 있었더라면, 자신과 비슷한 사람들, 또 다양한 사람들과 교류를 할 수 있었더라면 어땠을까요? 앞에 인용한 글에서 그녀는 소설가로서의 자신의 결함뿐 아니라 당시 여성들이 가진 결함까지 지적합니다. 만일 그녀가 자신의 재능을 멀리 떨어진 들판을 홀로 떠올려 보는 데 쓰지 않았더라면, 경험과 교류, 여행이 그녀에게 허락되었더라면 그녀의 천재성이 얼마나 큰 득을 보았을지는 다른 누구보다 그녀가 잘 알고 있습니다. 하지만 그것들은 허락되지도 주어지지도 않았습니다. 그래서 『빌렛』, 『엠마』, 『폭풍의 언덕』, 『미들마치』와 같은 훌륭한 소설들이 존경할 만한 목사의 집안에서 가능할 만한 경험으로만 쓰였으며, 또한 그 존경할 만한 집의 거실에서 쓰였고, 너무 가난해서 『폭풍의 언덕』이나 『제인 에어』를 쓸 종이를 한 번에 몇 첩* 이상은 살 수 없었던 여성들에 의해 쓰였다는 사실을 우리는 받아들여야 합니다. 그들 중 한 명인 조지 엘리엇의 경우 수많은 고난을 겪은 이후 거기서 탈출했지만 고작 세인트 존스 우드에 있는 외딴 저택으로 갔을 뿐입니다. 그리고 그곳에서 그녀는 세상이 인정하지 않는 그늘에 정착합니다. 그녀는 "초대를 요청하지 않은 분들께는 나를 보러 오라고 절대 청하지 않는다는 것을 이해해주시기 바랍니다."라고 썼습니다. 유부남과 사는 죄를 짓고 있으니, 스미스 부인이든 누구든 혹시라도 불렀다가 그녀를 봄으로써 그들의 정조에 해를 입힐 수도 있지 않나요? 그런 사람은 사회적인 관습에 굴복하

* quire: (종이) 한 첩, 24~25장.

고 "소위 세상이라는 곳에서 차단되어야" 합니다.* 한편, 같은 시대에 유럽의 다른 쪽에선 집시와도 사귀었다가 귀부인과도 사귀는 자유로운 젊은 청년이 살고 있었습니다. 전쟁에 나가기도 하고 아무 방해나 검열도 받지 않으며 삶의 다양한 경험을 얻었지요. 후에 그가 자신의 책을 쓰게 되었을 때, 그런 경험들이 굉장히 큰 도움을 주었습니다. 만일 톨스토이가 유부녀와 "소위 세상이라는 곳에서 차단되어" 프라이어리**에 살았더라면, 아무리 도덕적 교훈을 끌어올린다 해도, 그가 『전쟁과 평화』를 쓸 수는 없었을 것입니다.

그러나 소설을 쓰는 문제와 성이 소설가에게 미치는 영향이 무엇인지 조금 더 깊이 파고들 수 있겠지

* 메리 앤 에반스(조지 엘리엇)는 연인 관계였던 조지 헨리 루이스와 함께 집을 지어 살았다. 조지 헨리 루이스는 작가이자 철학자, 편집자였는데 (정신적으로 문제가 있던) 부인과의 혼인 관계에서 자유로울 수 없었다. 두 사람의 관계는 남성과 여성에게 달리 적용된 도덕성의 이중 잣대를 여실히 보여준다. 루이스는 공적 사회에 자유로이 출입이 가능했던 반면 에반스는 사회적 은퇴를 강요받았기 때문이다.

** 조지 엘리엇이 헨리 루이스와 함께 1863년에 장만한 저택의 이름.

요. 만일 눈을 감고 소설 전반을 생각해보면, 물론 무수한 단순화와 왜곡이 있긴 하지만, 삶에 대해서 어떤 정반대의 유사성을 가진 창조물로 여겨질 수 있습니다. 어쨌든 그것은 마음의 눈에 형태를 남기는 구조물로, 이제 막 사각형으로 만들어졌다가, 다시 탑 모양으로 지어지고, 그런 다음 날개와 회랑을 뻗어 콘스탄티노플의 성 소피아 성당처럼 견고하고 단단한 둥근 천장을 갖게 됩니다. 어떤 유명한 소설들을 다시 떠올려 보면 이런 모양은 그것에 적합한 종류의 감정을 마음에 만들어냅니다. 그러나 곧 그 감정은 자신을 다른 것들에 섞어버리는데 그 '모양'이 돌과 돌의 관계가 아닌 인간과 인간의 관계에 의해 만들어지기 때문이지요. 이렇게 소설은 온갖 종류의 적대감과 반대 감정을 우리 안에 만들어냅니다. 삶은 삶이 아닌 어떤 것과 갈등을 빚습니다. 그러므로 소설에 대한 어떤 합의점을 찾기가 어렵고 우리의 개인적인 편견이 우리를 강력하게 장악하는 겁니다. 한편으로 우리는 당신—주인공 존—이 반드시 살아야 한다고 느낍니다. 그렇지 않으면 나는 절망의 나락으로 떨어질 테니까요. 다른 한편으론, 아아, 우리는 당신이 죽어야 한다고 느낍니다. 왜냐하면 책의 형태가 그것을 필요로 하기 때문이지요. 삶은 삶이 아닌 어떤 것과 갈등을 빚습니다. 그러나 어떤 부분에서는 삶이기 때문에 우리는 그걸 삶이라고 판단합니다. "제임스는 내가 가장 싫어하는 부류의 사람이야."라고 누군가 말합니다. 아니면 "이건 말도 안 되는 얘기로 뒤죽박죽이군. 난 그런 건 전혀 못 느꼈다고."라고 하지요. 어떤 유명한 소설이든 떠올려 보면, 소설의 전체 구조는 너무나 많은 다른 종류의 판단과 다양한 감정으로 이루어져 있기 때문에 끝을 알 수 없는 복합적인 것임이 명백합니다. 놀라운 것은 그렇게 구성된 책이 한두 해 이상 유지되고 러시아와 중국의 독자에게 의미하는 바가 영국 독자에게도 같은 의미로 다가갈 수 있다는 점입니다. 또 가끔 그 책들은 대단히 놀라울 정도로 긴 생명을 이어갑니다. 그리고 이렇게 드물게 살아남는 경우 (나는 『전쟁과 평화』를 생각하고 있습니다) 그것을 유지하게 해주는 것은 진실성(integrity)이라고 불리는 것입니다. 이때 진실성은 물건에 정당한 값을 지불하는 것, 응급 상황에서 고결하게 행동하는 것과는 아무 관계가 없습니다. 소설가에게 진실성이란 독자에게 주는, 이것이 진실이라는 확고한 신념입니다. 그럼 독자는 이런 기분이 듭니다. '그래, 일이 이렇게 될 거라고 생각해본 적은 없어. 그렇게 행동하는 사람을 본 적이 없으니까. 하지만 당신이 그게 그런 거라고 나에게 확신을 주었고 그래서 믿게 되었지.' 독자는 책을 읽으며 모든 구절, 모든 장면을 불빛에 비춰봅니다. 자연은 아주 희한하게도 작가가 진실성을 갖추었는지 아니면 결여되어 있는지 판단할 수 있는 내면의 빛을 우리에게 부여한 것 같거든요. 아니면 자연이 가장 비이성적인 상태에서 위대한 예술가만이 드러낼 수 있는 하나의 예감을, 인간의 마음의 벽에 보이지 않는 잉크로 그려놓은 걸 수도 있습니다. 천재의 불길에 가까이 가져가야만 볼 수 있는 스케치인 것이죠. 그것을 불빛에 드러내어 생명을 얻게 되면 우리는 황홀감에 소리칩니다. 이게 내가 항상 느껴왔고 알아왔고 갈망해온 거야! 하고요. 그리하여 독자는 흥분으로 끓어 넘치고 그 책이 살아 있는 동안엔 언제고 다시 찾아볼, 대단히 소중한 무언가라도 되듯이 숭고한 마음으로 책을 덮어 서가에 올려놓을 거라고 생각했습니다. 『전쟁과 평화』를 원래 있던 자리에 꽂으면서 말이죠. 반면, 독자가 가져다 시험하는 이런 빈약한 문장들이 자체적으로 가지고 있는 밝은 색채와 대담한 표현으로 즉각적이고 열렬한 반응을 불러일으킨다면 거기서 멈추고 맙니다. 무언가 그들의 발달을 억제하는 것 같습니다. 어쩌면 그들은 희미하게 적힌 구석의 낙서나 얼룩만을 불빛에 가져다 보고는, 온전한 전체의 모습이 드러나지 않으면 한껏 실망의 한숨을 쉬고 말합니다. '또 실패작이야. 이 소설은 어느 부분에서 완전히 실패해버렸어.'

  물론 대체로 소설은 어느 부분에선가 실패합니다. 엄청난 부담 아래 상상력이 흔들립니다. 통찰력이 흐려져 더 이상 진실과 거짓을 구분하지 못합니다. 다양한 능력을 사용해야 할 모든 순간에 거기에 필요한 막대한 노동력을 끌어나갈 힘을 잃게 됩니다. 소설가의 성별이 이 모든 것들에 어떻게 영향을 줄 수 있는지, 나는 『제인 에어』와 다른 소설들을 보며 궁금했습니다. 그녀가 여성이라는 사실이 여류 소설가의 진정성에 어떤 식으로든 훼방을 놓을 수 있을까요? 작가의 중추라 할 수 있는 진정성에 말이지요. 자, 『제인 에어』에서 내가 인용한 부분에서는 분노가 소설가 샬롯 브론테의 진정성을 훼방 놓고 있다는 건 확실합니다. 그녀는 개인적 불만에 신경 쓰느라 온전히 헌신해야 할 그녀의 이야기를 그대로 내버려 두었습니다. 그녀는 자신이 응당 누렸어야 할 경험을 오롯이 누리지 못했다는 것을 잊지 않았습니다. 세상을 자유롭게 떠돌고 싶던 그때 그녀는 목사관에서 양말을 기우면서 침체되어 갔습니다. 그녀의 상상력은 진정성에서 벗어나 버렸고 우리는 그걸 직감합니다. 하지만 분노 말고도 다른 여러 영향들도 그녀의 상상력을 잡아당기고 본래의 길에서 벗어나게 했습니다. 그 예로 무지함이 있지요. 로체스터의 초상화는 어둠 속에서 그려졌습니다. 우리는 그 안에 깃든 두려움의 영향력을 느낄 수 있습니다. 억압의 결과에서 오는 시큼함과 그녀의 열정 아래 들끓고 있는 파묻힌 고통, 뛰어난 책들이지만, 그 책들을 고통의 발작으로 수축시키는 원한을 우리가 지속적으로 느끼는 것처럼 말입니다.

소설은 실제 삶과 이런 유사성을 가지기 때문에 소설의 가치는 실제 삶의 가치와 어느 정도 같습니다. 하지만 여성의 가치는 남성이 만들어온 가치와는 종종 다릅니다. 이건 자연스러운 일이죠. 그러나 만연한 것은 오직 남성적인 가치입니다. 까놓고 말하자면 축구와 스포츠는 '중요'하지만, 패션을 찬양하고 옷을 사는 것은 '하찮은' 일입니다. 그리고 이런 가치들은 필연적으로 삶에서 픽션으로 전이됩니다. '이건 중요한 책이군.' 비평가들은 이렇게 기정사실화합니다. '왜냐하면 전쟁을 다룬 책이거든. 이 책은 대수롭지 않은 책이야. 응접실에 있는 여성들의 감정을 다루고 있어.' 전쟁터 장면은 상점 안에서의 장면보다 더 중요합니다. 모든 곳에서, 더욱 미묘하게 가치의 차이를 집요하게 이어갑니다. 그렇기 때문에 초기 19세기 소설의 전체 구조는 만일 작가가 여성이라면, 직선에서 살짝 벗어난 마음으로 외적 권위에 경의를 표하면서 자신의 확실한 비전을 거기에 맞추어 변화시키기 위해 세워지고 만들어졌습니다. 오래되고 잊힌 소설들을 훑어보고 그 안의 분위기만 보아도 작가가 비판과 맞서고 있다는 것을 알 수 있습니다. 그녀는 공격을 하기 위해 이 말을 하고, 화해를 위해 저런 말을 하고 있습니다. 그녀는 자신이 '단지 여자일 뿐'이라고 인정하거나 또는 자신이 '남자만큼 뛰어나다'고 주장합니다. 그녀는 자신의 기질이 명령하는 대로 때로는 유순하고 소심하게 때로는 분노하며 강한 어조로 그 비판에 맞섰습니다. 그게 어느 쪽인지는 중요하지 않습니다. 문제는 그녀가 사물 자체가 아닌 다른 무언가를 생각하고 있었다는 겁니다. 그녀의 책이 우리의 머리 위로 추락합니다. 책의 중심에는 결함이 있었습니다. 나는 마치 과수원에 있는 작고 흠이 난 사과들처럼 런던의 중고 책방에 산재한 여성들의 모든 소설을 떠올렸습니다. 그것들을 썩게 한 건 바로 그 중심에 있는 흠이었지요. 그녀는 다른 사람들의 의견을 존중하고자 그녀의 가치를 바꾸어버렸습니다.

하지만 오른쪽, 왼쪽 그 어느 쪽으로도 꼼짝하지 않기란 그들에게 불가능한 일이었을 겁니다. 전적으로 가부장적인 사회 한가운데서 그런 온갖 비판을 마주할 때, 움츠러들지 않고 그들이 본 바대로 밀어붙이기 위해서는 엄청난 천재성과 진정성이 요구되었을 겁니다. 오직 제인 오스틴과 샬롯 브론테만이 그걸 해냈습니다. 그것은 또 하나의, 어쩌면 가장 훌륭한 그들의 공적입니다. 그들은 남성이 쓰는 방식이 아닌 여성의 방식으로 글을 썼습니다.* 그 당시에 소설을 썼던 수천 명의 여성들 중에서 오직 그들만이, 이걸 써라, 저걸 생각하라 떠드는

영원의 학자들의 끊임없는 충고를 무시했습니다. 쉬지 않고 들려오는 목소리, 때로는 불평하고, 때로는 업신여기고, 그러다 위세를 부리고, 비통해하다가 또 충격을 받고, 때로는 화를 내고, 또 삼촌처럼 굴기도 하는 그 목소리에 오직 그들만이 귀를 닫았습니다. 여성들을 가만히

---

* 울프는 여기서 여성이 남성과는 다르게 글을 쓴다는 점에 대해 명료하게 주장하기보다는 미묘한 입장을 취한다. 그녀의 작품 전체를 떠올려 보건대, 쓸거리를 만들어주는 제각각의 경험들을 강조하고 있는 것으로 보인다. 이 작품의 후반부에서 그녀는 작가는 글을 쓸 때, 자신의 성을 자각하지 않도록 노력해야 한다고 주장한다.

내버려 두지 않는 그 목소리는 양심적인 여자 가정교사처럼 항상 그들에게 무언가를 요구하고, 에거턴 브리지스 경처럼 세련된 몸가짐을 요구하고, 심지어 시 비평에 성별의 비평*까지 끌고 들어갑니다. 만일 여성들이 무언가를 잘하고 싶고 빛나는 상을 받고 싶다면 문제의 그 신사가 적절하다고 생각하는 정해진 범위 안에 있으라고 합니다. "…여성 소설가들은 자신의 성이 갖는 한계를 대담하게 인정함으로써 탁월한 경지에 오르는 것을 열망할 수 있다."** 이는 문제의 핵심을 간결하게 요약해 보여줍니다. 여러분에게는 놀라울 수도 있는데, 이 문장은 1828년 8월이 아니라 1928년에 쓰였다는 걸 말씀드립니다. 아무리 이 문장이 현재의 우리에게는 기분 좋게 다가온다 해도, 100년 전에는 훨씬 더 격렬하고 강경

* "'그녀'는 형이상학적 목적을 가지고 있는데, 그것은 특히나 여성에게 위험한 강박관념이다. 왜냐하면 여성들은 수사법에 대한 남성들의 건강한 사랑을 거의 가지고 있지 않기 때문이다. 다른 것들에는 보다 원시적이고 물질주의적인 여성에게 그것이 결핍되어 있다는 것은 이상한 일이다." _「새로운 기준」, 1928.6.

** "그 보고자처럼, 여러분도 여성 소설가들은 자신의 성이 갖는 한계를 대담하게 인정함으로써 탁월한 경지에 오르는 것을 열망할 수 있다고 믿는다면(제인 오스틴은 얼마나 우아하게 이런 표현을 해낼 수 있는지 보여주었습니다.)…" _데스먼드 맥카시, 「Life and Letters」, 1928.8.

한 울림으로 오갔던 방대한 양의 의견—나는 그 오래된 웅덩이를 휘저을 생각은 없습니다. 내 발 끝에 둥둥 떠서 다가오는 것만을 잡을 뿐이지요—을 대표한다는 데 여러분이 동의할 거라고 생각합니다. 1828년에 이런 온갖 무시와 꾸지람, 상에 대한 약속을 무시하려면 대단히 강직한 젊은 여성이 필요했을 겁니다. 스스로에게 이렇게 말할 수 있는 일종의 선구자여야 했을 겁니다, '흠, 하지만 그들도 문학을 돈으로 매수할 수는 없잖아. 문학은 모든 이에게 열려 있어. 당신이 제아무리 대학 직원이라고 해도 나를 잔디밭에서 쫓아내는 건 거부하겠어. 그렇게 하고 싶다면 당신네 도서관을 걸어 잠가. 하지만 거기에는 내 자유로운 마음에 달 수 있는 문도, 자물쇠도, 빗장도 없겠지.'

그러나 글을 쓰려는 의지를 꺾고 비평을 한 것이 여성에게 무슨 영향을 주었든지 간에—대단히 엄청난 영향을 주었다고 생각합니다만—그들이 자신의 생각을 종이에 옮기려고 할 때 직면했던 다른 어려움(아직 19세기 초 작가들을 생각하고 있습니다)에 비하면 하찮았습니다.

다른 어려움이란 그들을 뒤에서 지지하는 전통이 없고, 있다 해도 전통이 짧거나 너무 부분적이라 거의 도움이 되지 않는다는 것이었죠. 우리가 여성이라면 우리는 어머니를 통해 과거를 돌아보기 때문입니다.* 도움을 청하기 위해 위대한 남성 작가들을 찾아가는 것은 쓸모없는 일입니다. 즐거움을 위해서라면 모를까요. 램, 브라운, 새커리, 뉴먼, 스턴, 디킨스, 드 퀸시―그게 누구든지 간에―는 아직 여성을 도와준 적이 없습니다. 그들 작품에서 약간의 기교를 배워 자신에게 맞춰 썼을 수는 있겠지요. 하지만 남성의 마음이 가진 무게와 속도와 보폭은 그녀의 것과 너무 달라서 무엇이 됐든 가치가 있는 것을 성공적으로 들어 올릴 수가 없었습니다. 모방에 공을 들이

VIRGINIA WOOLF

* 울프의 이 주장은 페미니즘 비평의 새로운 세대에게 굉장한 영향력을 끼쳤다. 어머니/딸의 관계에서의 '재전유(re-appropriation)'가 페미니즘에 지대한 영향을 미친 미국에서 특히 그러했다.

재전유: 문화 연구에서 자신이 혼자 사용하기 위해서 허가 없이 무엇인가를 차지하는 일을 가리키는 '전유'에서 파생된 말로, 문화 연구에서 '재전유'는 의미를 다시 규정한다는 의미이다. 일부 페미니스트와 페미니즘 문학 연구에서 볼 수 있는 여성성의 재전유 방식은 여성성이 가부장제 안에서 형성되었으므로 여성성의 순수성, 진정한 여성성의 존재를 상정할 수 없다는 전복적인 특징으로 나타난다. 『문화비평용어집』 발췌.

기엔 너무나 멀리 떨어져 있습니다. 아마도 그녀가 종이에 펜을 대자마자 직면할 현실은 그녀가 사용할 공동의 문장이 없다는 사실일 겁니다. 새커리나 디킨스, 발자크 같은 위대한 소설가들은 재빠르지만 난잡하지 않고, 풍부하지만 지나치게 점잔을 떨지 않는, 공동의 재산을 해치지 않으면서도 자신만의 색채를 가진 채로 글을 썼습니다. 그들은 당시에 통용되는 문장에 기반을 두었습니다. 19세기 초에 통용되었던 문장은 아마도 이런 식으로 시작될 겁니다. "그들의 작품이 장엄한 것은 그들에게 글쓰기란 갑자기 멈추는 게 아닌, 계속 해나가겠다는 논쟁이기 때문이었다. 그들은 작품을 연마하고 진실과 미를 끝없이 발생시키는 것으로 더없는 흥분 또는 만족을 느낄 수 있었다. 성공은 노력을 이끌어내고 습관은 성공을 이루어낸다." 이것은 남성의 문장입니다. 그 뒤로 존슨과 기번, 그 외 나머지 남성 작가들이 보입니다. 그것은 여성이 사용하기에는 적합하지 않은 문장이었습니다. 샬롯 브론테는 산문에 뛰어난 재능을 가지고도 그녀의 손에 쥐어진 투박한 무기로 비틀거리고 넘어졌습니다. 조지 엘리엇은 그걸 가지고 비루한 묘사를 하는 만행을 저질렀지요. 제인 오스틴은 그걸 보고 비웃고는 자신의 쓰임새에 알맞은 완벽히 자연스럽고 맵시 있는 문장을 만든 뒤, 절대 거기서 벗어나지 않았습니다. 그렇게 샬롯 브론테에 못 미치는 글쓰기 재능을 가지고도 그녀는 더 많은 것을 무한히 말했습니다. 표현의 자유와 충만함은 예술의 정수이기에 전통의 결핍과 도구의 부족함, 부적절함은 여성의 글쓰기에 막대한 영향을 끼쳤을 게 틀림없습니다. 게다가 책이란 문장의 끝과 끝을 이어 붙여 만드는 게 아니라, 이런 장면을 떠올려 보면 도움이 될까요, 아치나 돔(둥근 천장) 모양으로 지어집니다. 그리고 이런 모양 또한 남성들이 사용하기 위해서, 자신들의 필요로 만들어낸 것이었습니다. 문장도 그렇거니와 서사시나 시극의 형식 역시 여성에게 적합했으리라고 생각할 수 없습니다. 그러나 그녀가 작가가 되었을 때는 기존의 오래된 문학 형식들은 더 단단해지고 확고해졌습니다. 소설만이 그녀가 다룰 수 있을 만큼 무르고 젊은 대상이었지요. 아마 그것이 그녀가 소설을 쓴 또 다른 이유일 것입니다. 그러나 현재에 와서도 누가 단언할 수 있을까요, "소설"(이 단어가 부적절하게 느껴지는 걸 표시하기 위해 인용 부호를 썼습니다)이, 모든 형식 가운데 가장 유연한 "소설"이, 여성이 사용하기에 마땅한 형태를 가졌다고 말입니다. 그녀가 자신의 팔다리를 자유로이 사용하게 될 때면, 스스로 그 형태를 두드리고는 반드시 운문이 아니더라도, 그녀 안의 시를 위한 새로운 수단을 제공하는 그녀를 분명 발견할 것입니다. 왜냐하면 여전히 시는 배출할 수 없도록 저지되고 있으니까요. 나는 지금의 여성이 어떻게 시 비극을 5막으로 쓸지 곰곰이 생각해보았습니다. 그녀는 운문을 사용할까요? 차라리 산문을 쓰지 않을까요?

그러나 이런 것들은 미래의 알 수 없는 어느 곳에 놓인 어려운 문제들입니다. 나는 이것들을 놔주어야 합니다. 만일 그것이 나를 자극해서 주제에서 떨어져 나와 발자국도 없는 숲을 방황하게 한다면, 그곳에서 길을 잃고 거친 야수에게 잡아먹힐지도 모르니까요. 가상의 미래에 놓인 대단히 우울한 그 주제를 꺼내는 건 나도 원하지 않고 여러분도 내게 그런 걸 원하지 않을 거라고 확신합니다. 다만, 여기서 잠시 멈추어 미래의 여성들이 수행해야 할, 신체적 조건에 의해 영향을 받는 큰 역할에 대해 여러분의 관심을 끌어보려고 합니다. 책은 어쨌든 신체에 적응해야만 합니다. 여성의 책은 남성의 책보다 더 짧고 더 응축되어야 하며, 읽는 데 긴 시간이 들거나 일을 중단할 필요가 없도록 만들어져야 한다고 감히 말하겠습니다. 여성은 언제나 방해를 받을 테니까요. 게다가 두뇌에 영양을 공급하는 신경은 여성과 남성이 각각 다른 것처럼 보입니다. 만일 여성이 최선을 다해 노력하게 만들려면 그들에게 어떤 대우가 적합할지 — 예를 들어, 수도승들이 수백 년 전에 고안한 이런 강연 시간들이 그들에게 적합한지 같은 — 그들이 일과 휴식을 어떤 식으로 번갈아 가며 하기를 원하는지, 휴식이 아무것도 하지 않는 게 아니라 다른 무언가를 하는 것이며, 그 무언가가 다른 걸 의미하는 것이라면, 그것이 무엇인지를 알아내야 합니다. 이 모든 것을 논의하고 밝혀야 합니다. 이것은 또한 여성과 픽션에 관한 문제의 한 부분이기도 합니다. 나는 다시 책장에 다가가 생각했습니다. 여성의 심리에 대해 여성이 쓴 정교한 연구를 어디서 찾아야 할까? 만일 여성이 축구 경기를 하지 못하기 때문에 의학 분야에서 일하지 못한다면….

　　다행히도 나의 생각은 다른 쪽으로 방향을 틀었습니다.

5장

이렇게 서성이던 와중에 나는 마침내 현존하
는 작가들, 여성 작가와 남성 작가가 쓴 책들을 보관하고
있는 서가에 도착했습니다. 이제는 여성 작가들이 쓴 책
들이 거의 남성 작가들의 책만큼 많아졌으니까요. 혹은
아직 그렇다고 확실히 말할 수 없거나, 남성이 여전히 열
변을 토하는 상황이라고 해도, 여성이 더 이상 소설만 쓰
지는 않는다는 건 확실한 사실입니다. 예를 들면, 그리
스의 고고학에 관한 제인 해리슨의 책, 미학에 관한 버넌
리의 책, 페르시아에 대해 쓴 거트루드 벨의 책들이 있습
니다. 한 세대 전에는 여성들이 손댈 수조차 없었던 주제
를 다룬 모든 종류의 책들이 있습니다. 시와 희곡, 비평
이 있고 역사서와 전기문, 여행서, 학문과 연구에 관한
책들도 있습니다. 심지어 철학서, 과학, 경제에 관한 책
도 몇몇 있습니다. 물론 소설의 양이 가장 많지만 소설
자체도 다른 결의 책들과 관련을 맺으면서 상당히 달라
졌을 것입니다. 여성의 글쓰기에서 아주 오랜 시간 자연

적으로 그럴 수밖에 없었던 평이함은 사라졌겠지요. 독서와 비평은 그녀에게 더 넓은 시야와 뛰어난 치밀함을 주었을 것입니다. 자서전을 향한 충동은 소진되고, 그녀는 자기표현의 수단이 아닌 예술로서의 글쓰기를 시작했을 것입니다. 이런 새로운 소설들을 살펴보면 여러 가지 질문에 대한 답을 찾을 수 있을지도 모릅니다.

　　　나는 그중에서 무작위로 소설 한 권을 잡았습니다. 책장 맨 끝에 있던 메리 카마이클*의 『생의 모험』이라는 책이었고, 바로 이달인 10월에 출간되었습니다. 나는 혼잣말로 아마 이 책이 그녀의 첫 작품인 것 같다며 중얼거렸지만, 우리는 이 책을 앞서 살펴본 레이디 윈칠시의 시들, 애프라 벤의 희곡, 그리고 네 명의 위대한 소설가들의 작품에서 이어진 상당히 긴 시리즈의 마지막 장으로 읽어야 합니다. 우리는 책들을 개별적으로 판단

* 메리 카마이클: 산아 제한의 선구자인 마리 스톱스(Marie Stopes)의 필명. 1928년에 메리 카마이클이라는 이름으로 소설 『Love's creation』을 출간한다. 울프는 이 작가의 이름을 메리로 바꾸어 부름으로써 「네 명의 메리의 발라드」를 연상케 한다.

하려는 습성이 있지만 사실은 모두 이어져 있으니까요. 나 또한 그녀—이 무명의 여성—를 지금껏 살펴본 모든 다른 여성들의 후예로 간주하고 그녀가 그들의 어떤 특성과 한계를 물려받았는지 보아야 합니다. 그래서 한숨을 내쉬고, 왜냐하면 소설은 너무나 자주 우리에게 해독제가 아닌 진통제를 제공하고, 불더미에서 꺼낸 나무로 우릴 깨우는 대신 무기력한 잠으로 빠지게 하니까요, 메리 카마이클의 첫 번째 소설 『생의 모험』에서 무언가를 얻어내기 위해 공책과 연필을 들고 앉았습니다.

먼저, 눈으로 페이지를 훑어보았습니다. 일단 그녀의 문장을 이해해야겠다고 생각했습니다. 푸른 눈이나 갈색 눈, 클로이와 로저 사이에 있을지 모르는 관계를 기억에 담기 전에 말이지요. 그녀가 손에 펜을 들었는지 아니면 곡괭이를 들었는지 우선 판단하고 나면 그걸 생각할 시간이 있을 겁니다. 그래서 나는 한두 문장을 말로 읽어보았습니다. 그러자 무언가 순서가 제대로 되어 있지 않다는 게 명백해졌습니다. 문장에서 문장까지 매끄러운 연결이 끊어져 있었습니다. 찢겨나간 무언가, 긁힌 무언가, 그 단 하나의 단어가 내 눈앞에서 불빛처럼 이리저리 번쩍였습니다. 옛 희곡에서 말한 것처럼, 그녀는 자신의 "손을 떼고" 있었습니다. 나는 그녀가 마치 불붙지 않을 성냥을 긋는 사람 같다고 생각했습니다. 하지만 어째서 제인 오스틴의 문장은 당신에게 알맞은 모양이 아닌 거죠? 나는 마치 그녀가 눈앞에 존재하는 것처럼 물었습니다. 엠마와 우드하우스* 씨가 죽었단 이유로 그 문장들은 모두 버려져야 하는 건가요? 아아, 그래야만 한다니, 나는 한숨지었습니다. 왜냐하면 모차르트가 한 곡에서 다른 곡으로 넘어가듯이 제인 오스틴의 글은 한 멜로디에서 다음 멜로디로 넘어가는 반면, 이 글은 마치 갑판이 없는 작은 배를 타고 바다에 나간 것과 같았거든요. 위로 치솟았다 이내 아래로 철썩, 떨어졌습니다. 이 간결함, 이 거친 호흡이 그녀가 무언가를 두려워하고 있음을 의미할지도 모르겠습니다. 어쩌면 '감상적'이라고 불리는 걸 두려워하거나, 또는 여성의 글이 심하게 꾸

* 제인 오스틴의 소설 『엠마』의 주인공인 엠마와 그녀의 아버지 우드하우스 씨. (옮긴이)

민다는 말을 의식하고 과하게 가시를 심어놓았는지도 모르지요. 그러나 한 장면을 주의 깊게 읽기 전에는, 나는 그녀가 자기 자신인지, 아니면 또 다른 사람인지 확실히 알 수 없습니다. 나는 좀 더 주의 깊게 읽어나가며 어쨌든 그녀가 누군가의 활력을 꺾는 건 아니라고 생각했습니다. 하지만 그녀는 너무 많은 사실을 쌓아가고 있었습니다. 이런 분량의 책(『제인 에어』의 절반 정도의 길이였습니다)에서는 그중 반도 사용할 수 없을 겁니다. 그러나 그럭저럭 어떻게든, 그녀는 우리 모두—로저, 클로이, 올리비아, 토니, 빅햄 씨—를 강을 거슬러 올라가는 카누 안에 다 모이게 하는 데 성공했습니다. 잠시만요, 나는 의자에 몸을 기대며 말했습니다. 앞으로 더 나아가기 전에 더욱 신중하게 전체를 살펴봐야겠습니다.

메리 카마이클이 우리를 속이고 있구나, 나는 거의 확신에 차 중얼거렸습니다. 스위치백 철도*를 탄

* switchback railway: 급경사의 산지 지형을 운행하기 위한 특수 철도 시설로 Z자 모양으로 만들어진 철로를 따라 기차가 전진과 후진을 반복하며 올라가도록 설계되어 있다.

듯 내려갈 거라고 예상했던 차가 방향을 틀어 다시 위로 올라가는 것처럼 느껴졌거든요. 메리는 예상 가능한 연속적인 사건들을 함부로 바꾸고 있었습니다. 제일 처음에는 문장을 부수고, 이제는 사건의 순서를 깨부수었지요. 좋습니다, 만일 그녀가 부수는 것이 행위 그 자체를 위해서가 아니라 무언가를 창조하기 위한 거라면 그녀에게는 그 두 가지를 할 만한 권리가 있습니다. 그 둘 중 어느 쪽인지는 그녀가 어떤 상황에 직면하기 전까지는 확신할 수 없습니다. 나는 그녀에게 그 상황이 무엇일지 선택할 수 있는 자유를 주겠습니다. 만일 그녀가 그러고 싶다면 빈 깡통과 낡은 주전자에서 상황을 만들어낼 것입니다. 하지만 그녀가 그걸 상황이라고 믿고 있다는 걸 나에게 납득시켜야 합니다. 그러고 나서 그녀가 상황을 만들어냈을 때 그녀는 그것을 대면해야만 합니다. 그녀는 뛰어넘어야 합니다. 만일 그녀가 나에게 작가로서의 의무를 다한다면 나도 독자로서 그녀에게 의무를 다하리라 결심하면서 책장을 넘겼습니다…. 이렇게 갑자기 끊어서 미안합니다. 그런데 여기 남성은 아무도 없는 건

가요? 저기 있는 저 빨간 커튼 뒤에 차트리스 바이런 경*
이 숨어 있지 않다고 약속할 수 있나요? 여기에 있는 우
리가 모두 여성이라고 장담할 수 있나요? 그렇다면 내가
읽은 바로 다음 문장이 무엇이었는지 말해드리죠. 그것
은, "클로이는 올리비아를 좋아했다."였습니다. 놀라지
마십시오. 얼굴 붉히지도 말고요. 때때로 이런 일들이 일
어난다는 것을 우리만의 사회 안에서는 인정합시다. 때
로 여성은 여성을 좋아합니다.

　"클로이는 올리비아를 좋아했다." 나는 이 문
장을 읽었습니다. 그러고 나자 거기에 있는 엄청난 변화
의 충격이 나를 쳤습니다. 아마 문학에서 클로이가 올리
비아를 좋아한 것은 처음이었을 겁니다. 클레오파트라
는 옥타비아를 좋아하지 않았습니다. 그랬다면 『안토니
와 클레오파트라』는 완전히 달라졌을 겁니다. 『생의 모
험』에서 약간 벗어난 이야기입니다만, 그런 식으로 생각
하자 『안토니와 클레오파트라』는, 감히 말하자면 터무

* 차트리스 바이런 경: 여성 동성애를 다룬
래드클리프 홀의 소설 『고독의 우물』에 대한
재판을 맡았던 판사.

니없이 단순하고 관습적으로 느껴졌습니다. 클레오파
트라가 옥타비아에게 느끼는 유일한 감정은 질투심입
니다. 그녀가 나보다 키가 큰가? 그녀는 머리 손질을 어
떻게 하지? 아마도 희곡은 그 이상은 요구하지 않을 겁
니다. 하지만 그 두 여성의 관계가 좀 더 복잡했더라면
얼마나 흥미로웠을까요? 작품에 등장하는 여성들을 전
시한 멋진 화랑을 재빨리 떠올려 보건대 여성들 사이의
관계는 너무나 단순합니다. 너무 많은 것들이 생략되었
고 시도조차 되지 않았습니다. 내가 읽은 것들 중에 두
여성이 친구로 묘사된 것이 있는지 기억해보았습니다.
『교차로의 다이애나』*에 그런 시도가 있습니다. 물론 라
신의 작품과 그리스 비극 안에서 그들은 평생 친구입니
다. 그들은 때때로 어머니와 딸의 관계이지요. 하지만 거
의 예외 없이 여성은 남성과의 관계를 통해서만 제시됩
니다. 픽션의 모든 위대한 여성들이 제인 오스틴의 시대
에 오기 전까지는 다른 성의 눈을 통해서만 보였을 뿐 아

* 조지 메러디스의 소설로 '현대' 여성을 묘사
한 것으로 종종 여겨진다.

니라 그 다른 성과의 관계 안에서만 보였다는 건 정말 이상한 일이었습니다. 남성과의 관계가 여성의 삶에서 얼마나 작은 부분인가요. 게다가 남성은 자신의 코에 걸려 있는 까맣거나 빨간 성(性)이라는 안경을 통해 여성을 관찰하기에 그들이 제대로 알 수 있는 건 거의 없습니다. 아마 그런 이유로 픽션 속 여성들이 독특한 성격으로 나타나는 거겠지요. 미모와 경악스러움은 놀랄 만큼 극단적이고, 선한 천사가 되었다가 악한 악마가 되기를 반복합니다. 이유는 사랑에 빠진 남성이 그녀를 바라볼 때, 자신의 사랑이 고조되는 것은 번영으로, 그 사랑이 식어버리는 것은 불행으로 받아들이기 때문입니다. 물론 19세기 소설가들에게는 그렇지 않습니다. 여성은 훨씬 더 다양하고 복잡해집니다. 폭력을 담고 있는 시극을 쓰던 남성들은 여성에 대해 거의 쓸 수 없었고, 그들 사이에서는 분명히 여성을 쓰고자 하는 욕망이 생겨났습니다. 어쩌면 그러한 이유로 시극을 서서히 버리고 더욱 적합한 그릇으로 소설을 고안하게 된 것인지도 모르겠습니다. 그렇기는 해도 여성의 지식 안에서의 남성이 그러하듯이 남성이 알고 있는 여성은 대단히 제한적이고 불완전합니다. 이것은 심지어 프루스트*의 글에서도 명백히 드러납니다.

그 페이지를 다시 내려다보며 계속 이런 생각을 했습니다. 여성도 가정생활에 대한 영원한 관심 외에 남성처럼 다른 관심사를 갖고 있다는 것이 분명해지고 있다고요. "클로이는 올리비아를 좋아했다. 그들은 실험실을 함께 썼다⋯."** 나는 계속 읽어나가며, 두 젊은 여성이 악성 빈혈 치료제의 재료인 간을 분쇄하는 작업을 하고 있었다는 걸 알았습니다. 하지만 둘 중 한 명은 결혼했고 아이가 둘 ─ 아마도 그럴 거라고 생각합니다 ─

* 마르셀 프루스트(1871~1922): 프랑스의 소설가. 대표작 『잃어버린 시간을 찾아서』. 의식의 흐름 기법을 창시하였다. (옮긴이)

** "They share a laboratory together⋯": 이 원고는 이어지는 단락을 포함한다. 거기에는 울프가 본래 『고독의 우물』의 재판에 직접적으로 인용하려고 했던 내용이 나온다. 그것은 다음에 이어지는 것처럼 미완성의 상태로 나온다.
"클로이는 올리비아를 좋아했다. 그들은 함께 사용하는 것이 있었는데ー" 단어들은 페이지의 맨 아래에 도달했다. 페이지들이 딱 달라붙어 있다. 그것들을 열기를 주저하는 동안 불가피한 것들이 마음속에 스쳐 지나갔다. 경찰관, 소환장, 법원에 출석하라는 명령, 따분한 기다림, 가벼운 목례를 받으며 들어오는 치안 판사, 물이 든 잔, 검찰 측과 피고인 측의 법조인들, 배심원단의 평결, 이 책은 외설적입니다, 그리고 치솟는 불길, 어쩌면 타워힐에서, 마치 그들이 엄청난 양의 종이를 전소시키는 것처럼. 여기서 페이지가 떨어졌다. 얼마나 고마운 일인가! 그것은 고작 실험실이었다. 클로이와 올리비아, 그들은 누가 봐도 치명적인 빈혈 치료제로 쓸 간을 잘게 갈고 있었다. _『여성과 픽션』, 114쪽.

이었습니다. 자, 이전의 문학 작품에서 이 모든 것들은 물론 배제되어야 했고 실제로도 그래왔기 때문에 허구의 여성에 대한 멋지고 상세한 묘사는 너무 단순하고 과하게 단조로웠습니다. 예를 들어, 문학 작품 안에서 남성이 다른 남성의 친구나 군인, 사상가, 몽상가로는 절대 나오지 않고 여성의 연인으로만 묘사된다고 가정해봅시다. 그랬다면 셰익스피어의 연극에서 그들이 차지하는 비중이 얼마나 적고 문학은 얼마나 심하게 손상되었을까요! 아마 우리에게 남는 것은 거의 오셀로나 안토니 같은 인물뿐이고 시저나 브루투스, 햄릿, 리어, 자크는 없었을 것입니다. 문학은 믿을 수 없을 정도로 빈곤해졌겠지요. 여성들을 가로막은 문으로 인해 문학이 실제 우리가 가늠할 수 없을 정도로 빈곤해진 것처럼 말입니다. 자신들의 의지에 반하는 결혼을 하고 방 한 칸에서 한 가지 일만을 하는 여성들을 어떻게 극작가가 충만하고 흥미롭고 진실하게 설명할 수 있을까요? 사랑만이 유일하게 가능한 통역사였습니다. 시인은 열정적이거나 아니면 쓴소리를 하도록 강요받았습니다. 그가 여성이라면

VIRGINIA WOOLF

질색하기로 결심하지 않은 경우에는 그랬지요. 하지만 이런 경우는 보통 그가 여성들에게 매력적이지 않았다는 걸 의미했습니다.

자, 만일 클로이가 올리비아를 좋아하고 그들이 실험실을 함께 사용했다면 그 자체로 그들의 우정은 다양해지고 오래 지속될 것입니다. 왜냐하면 덜 개인적인 관계가 될 테니까요. 만일 메리 카마이클이 어떻게 써야 하는지 알고, (나는 그녀의 문체를 다소 즐기기 시작했습니다) 그녀가 자기만의 방을 가지고 있다면, (그건 확신할 수 없지만) 또 그녀가 1년에 500파운드를 소유할 수 있다면 (그건 앞으로 증명할 일로 남아 있습니다) 굉장히 중요한 무언가가 일어날 거라고 생각합니다.

왜냐하면 만일 클로이가 올리비아를 좋아하고, 메리 카마이클이 그것을 어떻게 표현해야 하는지 알고 있다면 아직 아무도 가본 적 없는 그 거대한 방에 횃불을 밝히게 될 것이기 때문입니다. 그곳은 마치 어디로 발을 디뎌야 할지 알 수 없는, 양초 하나를 들고 위아래로 살피며 걸어야 하는 구불구불한 동굴처럼 어스름하고 깊은 어둠이 있는 곳입니다. 나는 다시 책을 읽어나갔습니다. 그러고는 선반에 물병을 내려놓는 올리비아를 클로이가 어떻게 바라보는지, 이제 그녀의 아이들에게 돌아갈 시간이라는 말을 어떻게 전하는지 읽었습니다. 이것은 결단코 세계가 시작된 이래로 단 한 번도 본 적 없는 장면이야, 나는 탄성을 내질렀습니다. 나 역시 강한 호기심을 느끼며 계속해서 지켜보았습니다. 왜냐하면 메리 카마이클이 어떻게 작업하는지 보고 싶었거든요. 변덕스럽고 색이 들어간 남성의 빛을 받지 않고 여성이 홀로 있을 때, 천장에 붙은 나방의 그림자만큼이나 흐릿하게 만들어진 그 기록되지 않은 제스처와 발화되지 않은 또는 반쯤만 말해진 말들을 어떻게 포착하는지 말이지요. 그걸 해내려면 그녀는 숨을 죽여야 할 거라고 나는 계속 읽어나가며 말했습니다. 왜냐하면 여성은 배경에 명백한 동기가 드러나지 않는 그 어떤 관심에도 의심을 품기 때문에 늘 하던 대로 숨기고 억누릅니다. 그래서 누군가 그들이 있는 방향으로 조심스레 고개를 돌려 눈을 깜빡거리기만 해도 날아가 버리지요. 당신이 그걸 해낼 수 있는 유일한 방법은, 나는 마치 메리 카마이클이 거기 있는 것처럼 말했습니다, 계속해서 창밖을 바라보며 무언가 다른 것에 대해 이야기를 하는 거예요. 그리고 기록하는 겁니다. 공책에 연필로 쓰는 게 아니라 속기에서도 가장 짧은 형태로, 즉, 아직 채 음절을 가지지 못한 말들로 올리비아―수백만 년 동안 바위의 그림자 아래서 살아온 이 유기체―가 자기 위로 떨어지는 빛을 느끼고 낯선 음식―지식, 모험, 예술―이 자기 쪽으로 오는 것을 기록해야 한다고요. 책에서 다시 눈을 들며 나는 생각했습니다. 그녀는 그 음식을 잡기 위해 손을 뻗어야 한다고, 무한히 복잡하고 정교한 전체의 균형을 흩트리지 않으면서 오래된 것에 새로운 것을 흡수시키기 위해서는 다른 목적들을 위해 고도로 발달된 그녀의 자원을 이용해 완전히 새로운 조합을 고안해야 한다고 말입니다.

하지만 나는 하지 않기로 마음먹었던 것을 하고 말았습니다. 아무 생각 없이 나와 같은 성을 칭찬하는 데에 빠져들었습니다. '고도로 발달된', '무한히 복잡하고'와 같은 말들은 부정할 수 없는 칭찬이고, 자신의 성을 칭찬하는 일은 언제나 수상쩍고, 때로는 바보 같습니다. 게다가 이 경우에는 어떻게 그 말을 정당화할 수 있을까요? 지도가 가리키는 곳으로 간 콜럼버스가 아메리카 대륙을 발견했는데 그가 여자였다고 말할 수는 없습니다. 아니면 뉴턴이 사과를 집어 들고 중력의 법칙을 발견했는데 그가 여자였다고 말하거나 하늘을 올려다보면서 머리 위로 비행기가 날고 있는데, 비행기는 여자가 발명한 거라고 말할 수는 없는 것입니다. 여성의 크기가 얼마나 되는지, 그 정확한 크기를 잴 수 있는 표시가 되어 있는 벽은 없습니다. 좋은 어머니의 자질 또는 딸의 헌신, 자매의 지조, 주부의 능력을 인치 단위로 잘게 나누어 깔끔하게 잴 수 있는 자는 없습니다. 아직까지도 대학에서 평가를 받아본 여성은 거의 없습니다. 육군, 해군, 무역, 정치, 그리고 외교와 같은 전문직의 위대한 시련은 여성의 능력을 시험해본 적이 거의 없습니다. 그들은 바로 지금 이 순간까지도 거의 분류되지 않은 채로 남아 있습니다. 하지만 예를 들어 내가 홀리 버츠 경에 대해 인류가 말해줄 수 있는 모든 것을 알고 싶다면, 그저 버크나 더브렛*을 열어보기만 하면 됩니다. 그러면 그가 이런저런 학위를 받았고, 시골에 대저택을 소유하고 있고, 그에게 상속자가 있으며 어느 위원회의 총무였고, 캐나다에서 대영제국을 대표했고, 일정량의 학위와 공직을, 그의 가치를 영원히 새겨놓은 메달과 상 들을 받았다는 것을 알게 될 것입니다. 홀리 버츠 경에 대해 이보다 많은 걸 알고 있는 건 아마 신밖에 없겠지요.

그러므로 내가 여성의 '고도로 발달된', '무한히 복잡한' 자질을 이야기할 때, 나는 나의 말을 휘터커나 더브렛 또는 대학 연감으로 입증할 수 없습니다. 이렇게 곤경에 처한 내가 무얼 할 수 있겠습니까? 나는 다시 책장을 보았습니다. 전기들이 있었습니다. 존슨, 괴테, 칼라일, 스턴, 그리고 쿠퍼와 셸리, 볼테르, 브라우닝 등 많은 사람들의 전기였지요. 위대한 남성들은 모두 한두 가지 이유로 여성을 찬미하고, 노력을 들여 찾아내고, 함께 살고, 그들에게 비밀을 털어놓고, 사랑을 나누고,

* Burke and Debrett: 영국 귀족과 상류층에 관한 참고 도서. 홀리 버츠 경은 가상의 인물로 등장한다.

또 그들의 이야기를 쓰고 믿음을 줌으로써 자신과 반대의 성별을 가진 특정 인물에 대해 필요와 의존이라고 묘사될 수 있는 것을 보여주었습니다. 이 모든 관계가 전적으로 플라토닉이었다고 단언할 수는 없겠지요. 그건 윌리엄 조인슨 힉스 경*도 아마 부정했을 것입니다. 하지만 만일 이 저명한 남성들이 여성과의 관계에서 위안과 아첨, 육체의 쾌락만을 얻었다고 주장한다면 대단히 부당한 취급이 될 것입니다. 그들이 얻은 것들이 자신들의 성은 제공할 수 없는 무엇이라는 것은 명백합니다. 나아가 시인들이 쏟아낸 열정적인 노래를 인용하지 않고도, 그것은 오직 이성만이 줄 수 있는 선물로 어떤 자극, 창의적인 힘의 부활로 정의한다 해도 경솔하지는 않을 겁니다. 그는 거실이나 아이 방의 문을 열고 들어가 아이들 사이에 있는 또는 무릎에 자수할 거리를 놓고 있는 그녀를 찾게 될 것입니다. 어느 경우건 세계의 어떤 다른 질서와 체계의 중심인 그녀를 말이지요. 그리고 법정이나 하원 같은 자신의 세계와 이 세계의 대조로 인해 즉시

---

* 윌리엄 조인슨 힉스 경: 당대의 내무 장관.

상쾌해지고 기운이 날 것입니다. 아주 단순한 이야기만으로도 그 차이는 자연스럽게 이어지고 그 안의 말라버린 생각들은 다시금 비옥해질 것입니다. 그와는 다른 도구로 무언가를 창조하는 그녀를 보며 그의 창조력은 속도를 내고 아무 소득 없던 그의 마음은 아주 서서히 다시 무언가를 짜내기 시작하겠지요. 그녀를 방문하기 위해 모자를 썼을 때는 결여되어 있던 문구나 장면을 찾게 될 것입니다. 모든 존슨에게는 자신만의 트레일*같은 여성이 있기 마련입니다. 이와 같은 이유로 그녀를 꽉 쥐고 있는 것이고요. 트레일이 그녀의 이탈리아인 음악 선생님과 결혼할 때, 존슨은 분노와 혐오로 반쯤 정신이 나가버리는데 이유는 단순히 스트리트엄에서 즐거운 저녁 시간을 보내지 못하게 돼서가 아니라 그의 삶의 불빛이 '꺼져버린 것처럼' 느껴졌기 때문입니다.

존슨 박사나 괴테, 칼라일, 또는 볼테르가 되지

* 트레일(Hester Lynch Piozzi, 1741~1821): 영국 웨일스의 저술가로 사무엘 존슨의 가까운 친구였다. 음악가 가브리엘 피오치와 결혼하며 두 사람의 우정은 끝이 난다.

않고도, 물론 이 위대한 남성들과는 대단히 다르겠지만, 우리도 여성 안에서 이 복잡한 본성과 고도로 발달된 창의력을 느낄 수 있습니다. 한 사람이 방으로 들어갑니다. 하지만 그녀가 방으로 들어서서 무슨 일이 벌어지고 있는지 말하기도 전에 영어라는 언어의 자원들은 뻗어나갈 것이고, 날아오른 모든 단어들은 존재 안으로 불합리하게 날아가야 할 것입니다. 방들은 모두 완전히 다릅니다. 고요하거나 우레 같은 소리가 날 수도 있고, 바다를 향해 열려 있을 수도 있으며 반대로 감옥의 마당을 향할 수도 있습니다. 빨래가 걸려 있거나 오팔 같은 보석과 실크로 가득 차 있을 수도 있습니다. 말갈기처럼 다루기 힘들거나 깃털처럼 부드러울 수도 있습니다. 어느 거리에 있는 어떤 방으로 들어가든 여성성이라는 그 극도로 복합적인 힘 전체가 당신의 얼굴로 날아들 것입니다. 어떻게 그러지 않을 수 있을까요? 여성들은 지금껏 수백만 년 동안이나 집 안에 앉아 있었기 때문에 그 방의 벽에도 그들의 창의력이 스며들어 있습니다. 정말이지 더 이상은 벽돌과 회반죽이 담아낼 수 없을 정도로 가득 채워졌기 때문에 이제는 펜과 붓, 사업과 정치에 스스로를 연결해야만 합니다. 하지만 이 창의력은 남성의 창의력과 굉장히 다릅니다. 그리고 여성의 능력이 방해를 받거나 낭비되는 건 참으로 애석한 일임을 우리는 확실히 해야 합니다. 여성의 창의력은 수 세기 동안 격한 훈련으로 얻어진 것이고 그것을 대체할 것은 아무것도 없기 때문입니다. 여성이 남성처럼 쓰고, 남성처럼 살고, 남성처럼 보이는 것은 몹시도 애석한 일입니다. 이 세계의 방대함과 다양함을 생각해보면 두 개의 성으로도 충분하지 않을 텐데, 어찌 단 하나의 성으로 꾸려나갈 수 있을까요? 교육은 닮은 점보다는 차이점을 이끌어내고 강화해야 하지 않을까요? 현 상황에서 우리는 너무 많은 유사성을 갖고 있으니 말입니다. 만일 한 탐험가가 돌아와 다른 나무에서 난 가지 사이로 다른 하늘을 바라보는 다른 성에 대해 이야기를 전해준다면, 인류에 그보다 더 큰 서비스는 없을 것입니다. 그리고 우리는 덤으로 X 교수가 스스로 '우월함'을 증명하기 위해 눈금이 그려진 막대 자를 가지러 급히 뛰어가는 것을 지켜보는 엄청난 재미를 얻을 것입니다.

      나는 여전히 책의 살짝 위쪽을 계속 응시하며 생각했습니다. 메리 카마이클은 한낱 관찰자로서 자신에게 적합한 일을 수행할 거라고요. 나는 정말이지 그녀가 모든 부류의 소설가 중에서 그다지 흥미롭지 않은—사색적 소설가가 아니라, 자연주의적 소설가가 되라는 유혹을 받을 거라는 사실이 두려웠습니다. 그녀에게는 관찰해야 할 새로운 사실이 너무나 많습니다. 그녀는 더 이상 상위 중산 계급의 존경할 만한 집에 그녀 자신을 제한할 필요가 없습니다. 그녀는 친절이나 겸손 대신 유대 의식을 장착한 채로 창녀와 매춘부, 발바리를 데리고 앉아 있는 여인이 있는 좁고 냄새나는 방으로 들어갈 것입니다. 그곳에는 남성 작가들이 억지로 그들의 어깨에 툭 걸쳐놓은 거친 기성복을 입은 그녀들이 앉아 있습니다. 그러나 메리 카마이클은 가위를 꺼내 그들 몸의 곡선에 최대한 가깝도록 옷을 꼭 맞춰줄 것입니다. 그녀들 본래의 모습을 보는 일은 진기한 광경이 아닐 수 없습니다. 하지만 우리는 조금 더 기다려야만 합니다. 왜냐하면 메리 카마이클은 성적 야만의 유산인 '죄' 앞에서 여전히 자의식의 방해를 받을 테니까요. 그녀는 여전히 자신의 발에 계급이라는 조잡하고 낡은 족쇄를 채울 것입니다.

하지만 여성 대다수는 매춘부도 창녀도 아닙니다. 여름날 오후 내내 먼지투성이 벨벳 천으로 발바리를 꼭 끌어안은 채 앉아 있지도 않습니다. 그럼 그들은 무엇을 할까요? 마음속에 강의 남부 어딘가에 끝도 없이 나열된 집들에 셀 수 없이 많은 사람들이 살고 있는 긴 거리가 떠올랐습니다. 나는 상상의 눈으로 노파가 그녀의 딸로 보이는 중년의 여인에게 부축을 받으며 길을 건너는 것을 보았습니다. 둘 다 꽤 훌륭한 구두를 신고 모피를 입었는데 그날 오후 그들의 옷차림은 하나의 의식이었을 테고, 그 옷들은 해마다 여름철 내내 좀약과 함께 장롱에 보관했을 것입니다. 가로등에 불이 켜지는 순간 (땅거미가 질 무렵을 가장 좋아하거든요) 그들은 길을 건너갑니다. 매년 그래왔듯이 말이지요. 나이 든 부인은 여든에 가까웠지만 누군가 그녀에게 삶이 무엇이냐고 묻는다면 그녀는 발라클라바 전투*로 인해 길에 불이 들어온 걸 기억하거나, 에드워드 7세의 탄생을 위해 하이드 파크에 발포된 총성을 들었다고 말할 것입니다. 그러나 혹 누군가 날짜와 계절까지 짚으며 정확하게 1868년 4월 5일 혹은 1875년 11월 2일에 무엇을 하고 계셨느냐 묻는다면, 그녀는 멍한 표정을 하고는 아무것도 기억나지 않는다고 말할 것입니다. 왜냐하면 언제나 저녁 식사를 차려야 했고, 접시와 컵을 닦아야 했으니까요. 아이들을 학교에 보내고 사회로 내보내야 했으니까요. 그 모든 일에서 남은 것은 아무것도 없습니다. 모두 사라져버렸지요. 전기도, 역사도 그것에 대해 단 한마디도 하지 않습니다. 그리고 소설은, 의도는 그렇지 않더라도 불가피하게 거짓말을 합니다.

　　이토록 무한히 많은, 알려지지 않은 삶은 계속 기록되어야 한다고, 나는 마치 메리 카마이클이 눈앞에

VIRGINIA WOOLF

* 발라클라바 전투: 1854년 크림반도의 발라클라바에서, 영국군과 러시아군이 벌인 전투. 크림 전쟁 중에 일어난 전투로, 영국군이 승리하였으나 지휘관의 오판으로 상당수의 경기병 여단을 잃어 후에 '가장 졸렬한 전투'로 기록되었다. (옮긴이)

있기라도 하듯 말했습니다. 그러고는 말을 할 수 없다는 압박과 그동안 기록되지 않은 그들의 누적된 삶을 느끼며 런던의 거리를 걸었습니다. 저기 길모퉁이에서 통통하게 부풀어 오른 손가락에 반지가 박혀 있는 손을 허리춤에 받친 채 마치 셰익스피어의 대사를 주고받기라도 하듯 과장된 몸짓으로 말을 하고 있는 여자들에게도, 또 현관 아래에서 제비꽃과 성냥을 파는 여자들과 노파들에게도, 마치 태양과 구름 아래 펼쳐진 파도처럼 다가오는 남자들과 여자들에게 신호를 보내고, 가게 창문에 반사되는 불빛에 눈을 깜빡이며 이리저리 떠도는 소녀들에게도 모두 자신만의 삶이 있습니다. 나는 메리 카마이클에게 말했습니다. 이 모든 것이 당신이 손에 든 횃불을 꼭 쥔 채로 탐험해야 하는 것들입니다. 무엇보다도 자신의 영혼이 가진 심오함과 얄팍함, 그리고 허영심과 관대함을 밝게 비추어야 합니다. 그러고는 당신의 아름다움 혹은 그저 그런 생김새가 당신에게 무슨 의미인지, 인조 대리석 바닥이 깔린 옷감을 파는 상점가에서 약사의 약병에서 흘러나온 희미한 향기 속에서 위아래로 흔들리는 장갑과 구두, 그 밖의 물건들로 가득한 변화무쌍하고 이리저리 뒤집히는 세상과 당신이 어떤 관계가 있는지 이야기해야 합니다.

상상 속에서 나는 한 가게 안으로 들어갔습니다. 바닥에는 검은색과 하얀색 무늬가 박혀 있고 놀랄 만큼 아름다운 색색의 리본들이 걸려 있었지요. 메리 카마이클도 지나며 보았을 거라고 생각했습니다. 가게 안은 안데스의 눈 덮인 꼭대기나 기암절벽의 협곡처럼 펜으로 표현하기에 아주 꼭 맞는 광경이었거든요. 또한 카운터 뒤에는 한 소녀가 있었습니다. 나폴레옹의 생애를 백오십 번째로 쓴다거나 키츠에 대한 연구를 칠십 번째로 한다거나, 또는 지금 늙은 Z 교수와 그 부류의 사람들이 쓰고 있다는 밀턴식 도치 같은 것에 대해 쓰느니 차라리 나는 당장 저 소녀의 진실한 역사를 쓸 것입니다. 그리고 나는 그녀에게 아주 조심스럽게 까치발을 든 채로 (나는 너무 겁이 많고 일전에 어깨에 채찍질을 당할 뻔했던 기억이 있어 두려워하고 있거든요) 남성의 허영심 ─ 아니, 독특함이라고 말하는 게 나을까요, 그 단어가 덜 공격적이니까요 ─ 에 대해 신랄함을 빼고 비웃는 법을 배워야만 한다고 작게 속삭였습니다. 왜냐하면 사람 뒤통수에는 스스로는 결코 볼 수 없는 동전만 한 크기의 점이 있으니까요. 뒤통수에 있는 동전 정도 크기의 점을 묘사하는 것은 하나의 성이 다른 성에게 베풀 수 있는 훌륭한 일 중 하나입니다. 생각해보십시오. 여성들이 유베날리스의 논평과 스트린드버그*의 비평으로 얼마나 많은 득을 보았습니까. 그 옛날부터 인류애와 총명함으로 남성들이 여성들의 머리 뒤에 있는 어두운 곳을 얼마나 지적해왔는지를 생각해보십시오! 만일 메리가 대단히 용감하고 정직하다면 또 다른 성의 등 뒤로 가, 거기서 무얼 찾았는지 우리에게 말해줄 것입니다. 여성이 그 동전 크기의 점을 묘사하기 전까지는 남성의 전체를 아우르는 진실한 모습은 절대 그려질 수 없습니다. 우드하우스 씨와 캐서번 씨**는 반점의 크기와 본성을 나타내는 인물입니다. 물론 지각이 있는 사람이라

---

* 유베날리스(AD60?~140?)는 그의 여섯 번째 풍자로 여성들을 공격했고 스웨덴의 극작가이자 작가인 어거스트 스트린드버그(1849~1912)는 여성 혐오주의자였다.

** 우드하우스 씨와 캐서번 씨: 우드하우스 씨는 제인 오스틴의 소설 『엠마』에서 『엠마』의 아버지, 캐서번 씨는 조지 엘리엇의 소설 『미들마치』에 등장하는 인물이다. (옮긴이)

면 그녀에게 의도적으로 경멸과 조롱을 하라고 권하지
는 않을 것입니다. 문학은 그런 정신으로 쓰인 것들이 얼
마나 무익한지 보여줍니다. 우리는 말할 것입니다. 진실
되어라, 그리고 결과는 놀라울 정도로 흥미로워야 한다.
희극은 풍요로워야 하고, 새로운 사실들은 발견되어야
한다.

　　　　그러나 다시 고개를 숙여 책을 읽을 때입니다.
메리 카마이클이 무엇을 쓸 수 있고, 무엇을 써야 할지를
짐작하는 대신 실제 그녀가 쓴 것을 찾아보는 게 더 나을
것입니다. 그래서 나는 다시 읽기 시작했습니다. 그녀에
게 무언가 불만을 느꼈던 기억이 떠올랐습니다. 그녀는
제인 오스틴의 문장을 파괴했고, 그로 인해 나의 흠잡을
데 없는 취향과 세심한 청력으로 나를 돋보이게 할 수 있
는 기회를 주지 않았습니다. 그들 사이에 유사점이 없다
는 것을 인정해야만 했을 때, "그래, 이건 아주 훌륭해. 하
지만 제인 오스틴은 당신보다 훨씬 더 잘 썼지."라고 말
해봐야 아무 소용없으니까요. 또한 그녀는 더 나아가 예
상되는 순서인 연속성을 깨뜨렸습니다. 어쩌면 그녀의

이런 행동은, 만일 그녀가 여성처럼 글을 쓰려고 했다면 으레 여성들이 그러하듯이 무의식적으로 사물에 자연스러운 순서를 줌으로써 행해진 건지도 모릅니다. 하지만 그 결과는 어쩐지 당혹스러웠습니다. 점점 높아만 가는 파도도, 바로 다음 모퉁이를 돌아 나오는 위기도 볼 수 없었거든요. 그랬기에 나는 깊게 쌓인 내 감정과 인간의 마음에 대한 심오한 지식이 있음에도 내 지식을 자랑할 수 없었습니다. 왜냐하면 내가 사랑이나 죽음에 관해 일상적인 장소 안에서 일상적인 것들을 느끼려고 할 때면, 어떤 짜증 나는 존재가 나타나 중요한 것은 여기서 조금 더 가야 나온다며 나를 홱 잡아챘기 때문입니다. 그렇게 그녀는 내가 '근본적인 감정', '인간성에 대한 공통점', '인간 마음의 깊이'에 관한 문장, 또 우리의 믿음을 지지해주는 모든 말들을 낭랑하게 뽑아낼 수 없도록 만들었습니다. 제아무리 우리가 똑똑하고 진지하고 내적으로 대단히 깊이 있고 인간적이라고 해도 말이지요. 반면 그녀는 인간의 내면이 진지하고 심오하고 인간적인 게 아니라—그 생각은 훨씬 덜 매력적인데—한낱 게

으른 마음을 가졌고 또한 관습적이라 느끼게 만들었습니다.

　　　　그러나 나는 계속 읽어나갔고, 어떤 다른 사실들에 주목했습니다. 그녀는 '천재'가 아니었습니다. 그것은 분명했어요. 그녀는 그녀의 위대한 전임자들인 레이디 윈칠시, 샬롯 브론테, 에밀리 브론테, 제인 오스틴, 그리고 조지 엘리엇이 가졌던 자연에 대한 사랑이나 불타오르는 상상력, 격렬한 시상, 눈부신 기지와 곱씹을 만한 지혜, 그 어느 것도 가지지 못했습니다. 그녀는 도로시 오즈번처럼 선율과 품위를 담은 글을 쓸 수도 없었지요. 사실 그녀는 한낱 영리한 소녀일 뿐이었고, 그녀의 책들은 틀림없이 10년 만에 출판사에 의해 펄프로 만들어질 것입니다. 하지만 그럼에도 불구하고 그녀는 심지어 50년 전만 해도 훨씬 더 훌륭한 재능을 가진 여성들에게 결여되어 있던 어떤 장점을 가지고 있었습니다. 그녀에게 남성은 더 이상 '반대 당파'가 아니었습니다. 그녀는 그들을 욕하느라 시간을 낭비할 필요가 없었습니다. 그녀는 지붕 위로 올라가 그녀에게 허락되지 않은 여행, 경험, 그리고 세상과 인물들에 대한 지식을 갈망하느라 마음의 평화를 깨뜨릴 필요가 없었습니다. 공포와 증오는 거의 사라졌고, 혹 남아 있더라도 자유의 기쁨을 과장스럽게 표현하거나, 로맨틱하기보다는 신랄하고 풍자적으로 남성을 대하는 경향에서 그 흔적이 살짝 엿보이는 정도였습니다. 그러므로 그녀가 소설가로서 최고 수준의 자연스러운 이점을 누렸다는 것은 의심할 여지가 없어 보입니다. 그녀는 대단히 넓고 열렬한, 자유로운 감수성을 가지고 있었습니다. 그 감수성은 거의 감지할 수 없을 정도로 미세한 손길에도 반응했습니다. 마치 공중에서 솟아난 식물처럼 자기 쪽을 향해 오는 모든 모습과 소리를 마음껏 즐겼습니다. 또한 호기심에 가득 차 거의 알려지지 않거나 기록되지 않은 것들 사이로 대단히 섬세하게 퍼져 나갔습니다. 그녀의 감수성은 작은 것들을 우연히 발견하고는 어쩌면 그것들이 전혀 작은 게 아닐지도 모른다는 걸 보여주었습니다. 또 땅에 묻힌 것을 빛으로 가져오고 그것들을 거기에 묻을 필요가 있었던가, 궁금해하도록 만들었습니다. 그녀는 서툴렀고, 새커

196
197

리나 램처럼 최소한의 펜 놀림으로 귀를 즐겁게 만들어 주는 오랜 전통과 무의식적인 관련은 없었지만, 나는 그녀가 첫 번째 큰 교훈을 터득했다고 생각했습니다. 그녀는 여성으로서, 자신이 여성이라는 사실을 잊은 채로 글을 썼습니다. 때문에 그녀의 책은 성이 스스로를 의식하지 못할 때에만 나타나는 진기한 성적 자질로 가득 차 있습니다.

이 모든 것은 순이익이지요. 그러나 그녀가 찰나적인 것과 개인적인 것에서 벗어나 내쳐지지 않을 영속적인 건물을 짓지 않는다면 풍부한 감각이나 섬세한 지각도 아무 도움이 되지 못할 것입니다. 나는 그녀가 스스로 '하나의 상황'에 마주할 때까지 기다리겠노라 말했습니다. 그것은 그녀가 그저 겉만 대충 훑어본 것이 아니라 저 깊은 밑바닥까지 들여다보고 부르고 손짓하고 한데 모아 증명할 때를 말합니다. 어느 순간, 그녀가 말하겠지요. 폭력적인 것을 하지 않고도 이 모든 것의 의미를 보여줄 수 있는 때가 바로 지금이라고요. 그러고는 그녀는 부르고 손짓하기 시작하고 (이 생생한 활발함이 느껴지나요!)

기억 속에서 반쯤 잊힌 것들과 어쩌면 다른 장에서 내비 쳤던 것들이 떠오를 것입니다. 그녀는 누군가는 바느질을 하거나 파이프 담배를 피우는 동안 가능한 한 자연스럽게 그들의 존재를 느낄 수 있게 만들고, 그녀가 계속 써 내려가는 동안 우리는 마치 세상의 꼭대기로 올라가 저 아래 몹시 장대하게 펼쳐져 있는 세상을 내려다본 느낌이 들겠지요.

어쨌든 그녀는 시도를 하고 있었습니다. 나는 그녀가 시험을 위해 들이는 시간이 점점 길어지는 것을 지켜보며 내가 보았던 주교와 주임 사제, 박사와 교수, 가장, 교사 들이 그녀를 향해 소리치고 경고하고 충고하는 것을, 그녀는 보지 않았기를 바랐습니다. 당신은 이걸 할 수 없어, 당신은 저걸 하면 안 돼! 연구원과 학자만이 잔디에 들어갈 수 있다고! 여자들은 초대장 없이는 입장할 수 없어! 출세하고 싶은 우아한 여성 작가들은 이쪽으로 오세요! 그렇게 그들은 경마장 울타리에 몰려든 군중처럼 그녀에게 계속 소리를 질렀습니다. 좌우를 보지 않고 울타리를 넘는 것이 그녀에게 주어진 시험이었습니다. 나는 그녀에게 만일 욕을 하기 위해 멈춰 선다면 당신이 지는 거라고 말했습니다. 비웃기 위해 멈추는 것도 마찬가지고요. 망설이거나 더듬거린다면 당신은 끝장입니다. 오직 뛰어넘는 것만 생각해요. 나는 마치 그녀의 등에 전 재산을 건 것처럼 애원했습니다. 그리고 그녀는 마치 새처럼 뛰어넘었습니다. 하지만 그 뒤에도 울타리가 있고 또 그 뒤에도 울타리가 있었습니다. 그녀가 계속 버틸 수 있는 힘이 있을까, 나는 확신이 들지 않았습니다. 박수와 고함 소리가 신경을 날카롭게 만들고 있었거든요. 하지만 그녀는 최선을 다했습니다. 메리 카마이클이 천재가 아니고, 시간과 돈, 여유와 같은 바람직한 것들을 충분히 갖지 못한 채 침실 겸 거실에서 첫 번째 소설을 쓰는 무명의 소녀라는 사실을 고려하면 그녀가 해낸 것은 그리 나쁘지 않다고 생각했습니다.

마지막 장을 읽으며 (누군가 거실 커튼을 열어서 별이 반짝이는 하늘과 대조적으로 사람들의 코와 맨 어깨가 속살을 드러낸 것이 보였습니다) 나는 결론지었습니다. 그녀에게 자기만의 방과 연간 500파운드의 돈을 주자. 그녀가 생각하는 그대로를 이야기하고 지금 적은 것의 절반은 빼도록 두자. 그러면 그녀는 머지않아 더 좋은 책을 쓸 것입니다. 나는 메리 카마이클의 『생의 모험』을 책장 맨 끝에 꽂으며 말했습니다. 그녀는 시인이 될 거라고요. 100년 후에는.

6장

다음 날, 10월의 아침 햇살이 커튼을 열어놓은 창문으로 들어와 빛줄기가 먼지를 비추고 거리에서는 차들이 움직이는 소리가 점점 높아졌습니다. 이 시간이면 런던은 다시 본래의 모습을 갖춰갑니다. 공장은 활기를 띠고 기계가 돌아가기 시작하지요. 앞의 책들을 읽고 나니 창밖을 내다보며 1928년 10월 26일 아침, 런던은 무얼 하고 있나 바라보고 싶은 마음이 들었습니다. 그런데 런던은 무엇을 하고 있을까요? 『안토니와 클레오파트라』를 읽고 있는 사람은 아무도 없는 것 같군요. 런던은 셰익스피어의 희곡에는 전혀 관심이 없는 것 같습니다. 소설의 미래나 시의 죽음, 또는 평범한 여성의 마음을 온전히 표현해줄 산문 문체의 발달에는 ─그들을 비난하는 것은 아닙니다─ 누구도 털끝만큼의 신경도 쓰지 않습니다. 만일 이런 문제에 대한 의견이 인도 위에 분필로 적혀 있다고 해도 그걸 읽으려 길을 멈추는 사람은 없을 것입니다. 바삐 걸어가는 무심한 발걸음에 30분이면 문질러 지워지고 말겠죠. 저기, 심부름꾼 소년이 다가옵니다. 목줄을 한 개를 데리고 한 여인이 지나갑니다. 런던 거리의 매력은 서로 닮은 사람이 없다는 겁니다. 그들은 모두 저마다의 개인적인 일에 속해 있는 것처럼 보입니다. 작은 가방을 든 사업가처럼 보이는 사람, 지하철 난간을 지팡이로 소리 나게 치며 정처 없이 돌아다니는 사람, 그중에는 거리를 마치 클럽 집회실로 여기는지 마차에 탄 사람들에게 묻지도 않은 얘기를 쏟아내는 사교적인 사람도 있습니다. 또 한쪽에서 치러지고 있는 장례식은 어느 때고 인간의 육신이 사라질 수 있다는 걸 상기시켜 그걸 본 사람들이 모자를 들어 절로 인사를 하네요. 그리고 아주 눈에 띄는 신사 한 명이 문간의 계단을 천천히 내려오다 황급히 다가오는 한 여인과의 충돌을 피하기 위해 멈추어 섭니다. 그녀는 무슨 수를 써서 마련한 건지 화려한 모피 코트를 입고 파르마 제비꽃 한 다발을 들었습니다. 그들은 모두 제각각 자기만의 일에 몰두해 있는 것 같습니다.

바로 그 순간, 런던에서는 흔히 일어나긴 하지만, 교통 통행이 잠잠해지더니 멈추어버립니다. 도로 위에는 아무것도 지나가지 않고 아무도 길을 건너지 않습니다. 길 끝에 있는 플라타너스 나무에서 나뭇잎 하나가 스스로 떨어져 나와 그 정지된 세상에 내려앉습니다. 왜인지 하나의 신호가 떨어진 것 같았습니다. 사람들이 간과했던 사물 안에 깃든 힘을 가리키는 신호 말이지요. 신호는 하나의 강을 가리키는 것 같습니다. 그 강은 눈에 보이지 않는 형태로 과거로 흘러가 모퉁이를 돌아 거리를 따라 내려갑니다. 그런 다음 사람들을 데리고 소용돌이 속으로 흘러내려갑니다. 그 모습이 마치 대학생이 탄 배와 낙엽을 머금고 흐르던 옥스브리지의 개울과 같습니다. 이제 그것은 길 한쪽에서 옮겨져 대각선 방향에 있는 에나멜가죽 구두를 신은 소녀를 데려왔습니다. 그런 다음 고동색 코트를 입은 젊은 남자 한 명과 택시 한 대를 데려옵니다. 그것은 이 세 가지를 함께 정확히 내 창문 바로 아래에 데려다놓았습니다. 그곳에서 택시가 멈추고 소녀와 젊은 남자도 멈추어 섰습니다. 그들이 택시에 올라타자 택시는 흐름에 휩쓸리듯 다른 곳으로 미끄러져 빠져나갔습니다.

그 장면은 매우 일상적이었습니다. 특이했던 것은 나의 상상력이 거기에 리드미컬한 순서를 부여했고, 두 사람이 택시에 올라타는 일상적인 장면이 겉으로 드러난 그들의 만족감을 전달하는 힘이 있었다는 것이었습니다. 택시가 모퉁이를 돌아 떠나는 것을 보며 두 사람이 거리를 걸어 내려와 한 모퉁이에서 만나는 장면이 마음의 부담을 좀 풀어주는 것 같다고 생각했습니다. 지난 이틀간 내가 생각해온, 하나의 성을 또 다른 성과 뚜렷이 다르다고 인식하는 것은 노력을 요하는 일입니다. 마음의 통일성을 방해하기 때문이지요. 이제 두 사람이 함께 택시를 타는 모습을 보는 걸로 그 노력은 멈추었고 마음의 통일성은 회복되었습니다. 나는 창문에서 고개를 뒤로 빼면서 마음이란 대단히 이해하기 힘든 기관이라고 곰곰이 생각합니다. 그게 무엇인지 알려진 것이 없는데도 우리가 완전히 의존하고 있는 곳이지요. 신체에 긴장이 느껴질 때는 명백한 이유가 있습니다. 이처럼 마음의 단절과 대립은 어떻게 느끼는 걸까요? '마음의 통일성'은 무얼 의미하는 걸까, 나는 차분히 생각해보았습니다. 마음은 어떤 관점에서든, 어느 순간에든, 집중할 수 있는 너무나 훌륭한 힘을 갖고 있기에 분명 단일한 상태로 존재하지 않는 듯합니다. 예를 들어, 그것은 거리에 있는 사람들과 스스로를 분리할 수 있고, 위층 창문에서 사람들을 내려다보며 스스로를 그들과 별개의 존재로 생각할 수도 있지요. 혹은 어떤 뉴스가 발표되기를 기다리는 군중 안에서 다른 사람들과 함께 자발적으로 생각할 수도 있습니다. 앞에서 말했지요, 글을 쓰는 여성은 그녀의 어머니를 통해 돌이켜 생각해본다고요. 그와 같이 자신의 아버지 혹은 어머니를 통해 돌이켜 생각해볼 수도 있습니다. 만일 여성이라면 그녀는 또다시 의식의 갑작스러운 분열에 깜짝 놀랍니다. 말하자면 화이트홀을 걸어 내려갈 때, 자신이 문명의 자연스러운 상속자가 아니라 반대로 그것의 밖에 나와 있는 이방인이자 비판적인 존재가 된다는 것에 말이지요. 분명 마음은 언제나 초점을 변화시키고, 세계를 향한 관점을 바꾸어놓습니다. 하지만 어떤 마음 상태는 설령 자발적으로 취했다고 해도 다른 마음 상태보다 불편해 보입니다. 불편한 마음 상태를 계속 유지하려면 무언가를 무의식적으로 참아야 하고 점차적으로 그 억압은 수고로움이 됩니다. 하지만 그런 노력 없이도 계속 유지할 수 있는 마음의 상태가 있을지도 모릅니다. 인내를 요구하는 것이 아무것도 없다면 말이죠. 나는 지금이 그러한 마음 상태 중 하나일 거라고, 창문에서 멀어져 방 안으로 들어서며 생각

했습니다. 두 사람이 택시에 타는 모습을 보면서 내 마음도 둘로 나뉘었다가 다시 자연스럽게 합쳐지는 것을 느꼈으니까요. 아마 두 개의 성이 협력하는 것이 가장 자연스러운 일이라는 명백한 이유 때문일 겁니다. 우리는 남성과 여성의 결합이 가장 큰 만족과 가장 완전한 행복을 이루어낸다는 이론을 지지하는, 비록 비이성적일지라도 심오한 본능을 갖고 있으니까요. 그러나 두 사람이 택시에 올라타는 광경과 그것이 내게 준 만족은 또한 이런 의문을 불러일으켰습니다. 육체의 두 성과 일치하는 마음속의 두 성이 있을까? 있다면 마음속의 두 성은 만

족과 행복을 완성하기 위해 하나로 통합되기를 바랄까? 나는 미숙한 솜씨로 영혼의 설계도를 그리기 시작했습니다. 우리 모두의 내면에는 하나의 남성과 하나의 여성이 주도하는 두 개의 힘이 있습니다. 그리고 남성의 뇌에서는 남성이 여성보다 우위를 차지하고 여성의 뇌에서는 여성이 남성보다 우위를 차지합니다. 그 둘이 함께 조화를 이루며 살고 영적으로 협력할 때, 우리 존재는 정상적이고 편안한 상태가 됩니다. 남성의 경우, 뇌의 여성적인 부분과 영향을 주고받아야 합니다. 여성 또한 그녀 안의 남성과 교류해야 합니다. 콜리지*가 위대한 마음이란 양성적이라고 말한 것은 아마 이런 뜻이었을 겁니다. 이런 결합이 일어날 때 마음은 온전히 풍요로워지고 가진 능력 모두를 쓸 수 있게 됩니다. 나는 전적으로 남성적인 마음은 전적으로 여성적인 마음이 만들어내는 것 이상의 무엇도 창조하지 못할 거라고 생각했습니다. 하지만 잠시 멈추어 한두 권의 책을 찾아보며 여성스러운 남성

VIRGINIA WOOLF

* 사무엘 테일러 콜리지(1772~1834): 시인이자 수필가.

과, 반대로 남성스러운 여성이 무엇을 의미하는지 확인해보는 것도 좋겠지요.

　　　위대한 마음은 양성적이라고 한 콜리지의 말은 분명 여성에게 특별히 더 공감하고 그들의 편을 들거나 이해하기 위해 헌신하는 것을 의미하지 않습니다. 어쩌면 양성적인 마음이란 한쪽 성만을 가진 마음에 비해 이런 뚜렷한 차이들을 만들어내는 데에 덜 적합할 수도 있습니다. 그가 말한 양성적인 마음이란 공감을 불러일으키고 투과성이 좋아서 아무런 장애 없이 감정을 전달하고 자연히 창의적이고 불타오르며 분열되지 않는 것을 의미했을 것입니다. 앞에 말했던 내용으로 돌아가서 살펴보면 양성적인 타입, 여성스러운 남성의 마음을 가진 이로는 셰익스피어가 있습니다. 그렇다고 해도 셰익스피어가 여성들의 생각을 말하는 것은 불가능했을 테지만요. 그리고 만일 성에 대해 특별하게 또는 분리해서 생각하지 않는 것이 온전히 발달된 마음의 징표라면, 지금은 그 어느 때보다도 그 조건에 이르기가 훨씬 더 힘듭니다. 지금 나는 살아 있는 작가들이 저술한 책들 앞에 잠시 멈춰 서서 혹시 이 사실이 나를 오랫동안 근본적으로 이해할 수 없게 만든 무엇이 아니었을까 생각했습니다. 그 어느 시대도 지금처럼 귀에 거슬릴 정도로 성을 의식한 시대는 없었을 겁니다. 대영박물관에 있는 남성이 여성에 관해 쓴 수많은 책들이 그 증거입니다. 여성 선거권 캠페인도 책임이 있겠지요. 캠페인은 남성에게 자기주장을 펼치고 싶어 하는 기이한 욕망을 불러일으켰습니다. 또한 도전받지 않았더라면 생각하는 데 아무 어려움도 겪지 않았을 그들 자신의 성과 특징을 강조하게 만들었습니다. 그리고 도전을 받으면, 특히 이전에 단 한 번도 도전을 받아본 적이 없는 사람이라면 훨씬 더 과하게 복수를 하게 됩니다. 아무리 검은 보닛을 쓴 소수의 여성을 상대한다고 해도 말이지요. 나는 A 씨의 새로운 소설을 꺼내며 어쩌면 그것이 내가 여기서 발견했다고 기억하는 몇 가지의 특징들을 설명해줄 수도 있겠다고 생각했습니다. 그는 한창 전성기에 있고, 듣자 하니 비평가들에게 평판이 좋다고 하는군요. 책을 열어보았습니다. 남성의 책을 다시 읽자니 정말 유쾌했습니다. 여성들의 글을 읽은 이후에 읽으니 매우 단도직입적이고 솔직했습니다. 그의 글은 앞서 언급한 마음의 자유와 개인의 자유, 스스로에 대한 자신감을 보여주었습니다. 이토록 영양 상태가 좋고 잘 교육받은 가운데 얻어진 육체적 행복의 감각, 결코 좌절된 적 없고 저지된 적 없이, 태어날 때부터 어느 방향이건 좋아하는 쪽으로 스스로를 펼칠 수 있는 온전히 자유로운 마음, 모든 것이 그저 감탄스러웠습니다. 하지만 한두 쪽을 읽어 내려가자 어떤 그림자가 책장을 가로질러 드리우는 것 같았습니다. 그것은 곧게 뻗은 검은 막대기로 철자 'I' 같은 모양의 그림자였습니다. 나는 그 글자 뒤의 풍경을 흘깃 보려고 이리저리 움직이기 시작했습니다. 거기에 있는 게 나무 한 그루인지 걸어가는 여자인지 확신할 수가 없었습니다. 어느 쪽으로 가든 언제나 철자 'I'가 맞이했습니다. 나는 'I'에 싫증이 나기 시작했습니다. 이 'I'가 존경할 만하고, 정직하고 논리적이며, 견과처럼 단단하고, 좋은 교육과 양육으로 수 세기 동안 다듬어졌다는 사실을 부정하는 것이 아닙니다. 나는 'I'를 마음 깊은 곳에서부터 존중하고 존경합니다. 하지만―여기서 나는 무언가를 찾아 책을 한 두 장 넘겼습니다―가장 심각한 점은 그 철자 'I'의 그림 자 안에서는 모든 것이 마치 안개처럼 형태가 없다는 것 이었습니다. 저게 나무인가? 아니, 여자였네. 하지만… 그녀는 몸에 뼈가 없군, 나는 피비를 바라보며 생각했습 니다. 해변을 가로질러 오고 있는 그녀의 이름이 피비였 거든요. 바로 그때 앨런이 일어났고 앨런의 그림자가 그 즉시 피비를 지워버렸습니다. 왜냐하면 앨런은 견해를 가지고 있었고, 피비는 앨런이 가진 견해의 홍수 속에 잠 식되어 버렸거든요. 앨런은 열정을 가지고 있다는 생각 이 들었습니다. 나는 여기서 위기가 다가오고 있다고 느 끼면서 빠르게 책장을 넘겼습니다. 그리고 그것은 사실 이었습니다. 그 일은 태양이 내리쬐는 해변에서 일어났 습니다. 대단히 공개적으로, 격렬하게 일어났습니다. 그 보다 더 외설적인 장면은 그 어디에도 없을 것입니다. 하 지만… '하지만'을 꽹장히 자주 말했네요. 계속해서 '하 지만'이라고 말할 수는 없는 일이지요. 어쨌든 그 문장 을 끝마쳐야 한다고, 나는 스스로를 꾸짖었습니다. '하지만—나는 지루했다!'라고 끝낼까요? 그런데 나는 왜 지루해졌을까요? 한편으로는 'I'라는 글자의 지배력과 무미건조함 때문입니다. 그것은 마치 거대한 너도밤나무가 자신의 그늘이 드리우는 자리에 미치는 영향과 같습니다. 거기서는 아무것도 자라지 못할 것입니다. 또 한편으로는 그보다 모호한 이유가 있습니다. A 씨의 마음에는 창조적인 에너지가 뿜어져 나오는 분수를 막고 좁은 범위 안에 가두는 어떤 장애물, 또는 방해물이 있는 것 같았습니다. 그리고 옥스브리지에서의 오찬과 담뱃재, 맨섬 고양이, 테니슨과 크리스티나 로제티, 이 모두를 하나로 모아 기억해보면, 아마 거기에도 장애물이 있을지 모르겠습니다. 피비가 해변을 가로질러 올 때, 그는 더 이상 숨죽여 "아름다운 눈물이 떨어졌네, 문가의 시계꽃에서."라고 노래하지 않았고 그녀도 더 이상 "나의 마음은 노래하는 새, 둥지는 물오른 가지에 있네."라고 화답하지 않았습니다. 앨런이 다가갔을 때 무엇을 할 수 있을까요? 대낮처럼 정직하고, 태양처럼 논리적인 그가 할 수 있는 건 단 한 가지입니다. 그에 대해 공정히 말하자면, 그것을 하고 또 하고, (나는 책장을 넘기며 말했습니다) 계속하는 것이 그의 일입니다. 덧붙이자면, 고백이 가진 끔찍한 천성을 자각하는 것은 어쩐지 지루해 보입니다. 셰익스피어의 외설은 우리 마음에 수천 가지 다른 것들을 뿌리째 흔들어놓기 때문에 지루함과는 거리가 멀지요. 하지만 셰익스피어는 즐거움을 목적으로 그 일을 합니다. 하지만 A 씨는 유모들 말마따나 일부러 그런 짓을 합니다. 항의를 하려고 말입니다. 그는 자신의 우월함을 주장함으로써 또 다른 성과의 평등에 이의를 제기하고 있는 겁니다. 그러므로 그는 일이 되어가는 걸 방해하고 표현을 꺼리고 남을 의식합니다. 셰익스피어가 클러프 양이나 데이비스 양*을 알았더라면 그도 그랬을 겁니다. 여성운동이 19세기가 아닌 16세기에 시작되었다면 엘리자베스 시대의 문학은 틀림없이 지금의 모습과는 굉장히 달랐을 것입니다.

VIRGINIA WOOLF

* 클러프 양과 데이비스 양: 여성교육 운동가
들로 각각 뉴넘 대학의 학장, 케임브리지 거
턴 대학의 교수를 지냈다.

만일 마음의 두 측면에 관한 이론이 옳다면, 남성성이 자의식이 되었다는 결론에 도달합니다. 다시 말해, 남자들은 그들 뇌에서 남성적인 면만을 가지고 글을 쓰고 있다는 뜻이지요. 여성이 그들의 글을 읽는 건 실수입니다. 여성은 자신이 발견할 수 없는 무언가를 필연적으로 찾으려 할 테니까요. 가장 많이 놓치는 것은 암시의 힘입니다. 나는 B 씨의 비평을 집어 들어 시의 기술에 관한 그의 논평을 매우 주의 깊고 충실하게 읽으며 그렇게 생각했습니다. 그 논평들은 예리하고, 충만한 학습이 가능하게 해줍니다. 하지만 그의 감정이 더 이상 전해지지 않는다는 것이 문제였어요. 그의 마음은 서로 다른 방에 따로 떨어져 있어서 하나의 방에서 다른 방으로는 소리가 전혀 전달되지 못하는 것 같았습니다. 어떤 식이냐면 B 씨의 문장 하나를 마음으로 가져오면 이내 바닥으로 쿵, 하고 떨어집니다. 그러고는 죽어버리지요. 하지만 콜리지의 문장 하나를 마음에 가져오면 그것은 밖으로 터져 나오면서 온갖 종류의 다른 생각들을 탄생시킵니다. 이것이야말로 영속적인 삶의 비밀을 담고 있다고 말할 수 있는 유일한 종류의 글이지요.

　　하지만 이유가 무엇이건 간에 남성이 남성적인 면만으로 글을 쓰는 것은 통탄해야 할 일입니다. 왜냐하면 그것은—여기서 나는 골즈워디* 씨와 키플링** 씨가 쓴 책들이 일렬로 늘어선 곳으로 왔습니다—현존하는 훌륭한 작가들의 뛰어난 작품 중 일부가 묵살당한다는 걸 의미하기 때문입니다. 여성이 무슨 짓을 해도 비평가들이 그들의 작품 속에 있다고 장담한 영속적인 삶의 분수는 찾을 수 없습니다. 그들의 작품은 남성의 미덕을 찬양할 뿐 아니라 남성의 가치를 강화하면서 남성의 세계를 묘사합니다. 이런 책들에 스며들어 있는 감정은 여성에게는 이해 불가한 것입니다. 작가는 그 감정이 다가와 한데 모여 자신의 머리에서 터지려고 한다, 고 끝이 나기 훨씬 전부터 말하기 시작합니다. 그 장면이 늙은 졸리온***의 머리 위로 떨어질 것이고 그는 충격으로 죽

---

* 존 골즈워디(1867~1933): 영국 출신의 소설가이자 전 변호사. 1932년에 노벨문학상을 수상했다. (옮긴이)

** 러디어드 키플링(1865~1936): 영국의 시인이자 소설가. 세인트 앤드루스 대학교 총장을 지낸 바 있고 1907년에 노벨문학상을 수상한 바 있다. (옮긴이)

고, 늙은 서기는 그에 관해 한두 마디 사망 기사를 내고, 템스강의 모든 백조들은 일제히 큰 소리로 노래를 터뜨릴 것입니다. 그러나 여성은 그 일이 일어나기 전에 달아나 구스베리 덤불 속에 숨을 것입니다. 왜냐하면 남성에게는 너무나 깊고 미묘하고 상징적인 감정들이 여성을 이해할 수 없는 곳으로 데려갈 테니까요. 등을 돌린 키플링 씨의 장교들도 그렇습니다. 자손의 **씨**를 뿌린 **사람들**, 그들의 **일**에만 집중하는 **남자들**, 그리고 **깃발** ─ 이 모든 굵은 글자들을 보며 여성은 순전히 남성적인 난잡한 잔치판 이야기를 엿듣다 걸린 듯 얼굴을 붉힙니다. 실은 골즈워디 씨나 키플링 씨 둘 다 그들의 내면에 여성적인 불꽃을 가지고 있지 않은 겁니다. 그렇기 때문에 그들의 모든 자질은 여성에게, 일반화시켜 이야기하자면, 대충 만든 미숙한 것으로 다가옵니다. 그들에게는 무언가를 연상시키는 힘이 결여되어 있습니다. 그래서 책에 연상의 힘이 결핍되어 있으면, 아무리 마음의 표면을 힘껏 친다

*** 졸리온: 존 골즈워디의 연작 소설 『Forsyte Saga』에 나오는 왕가의 우두머리.

고 해도 그 안으로 뚫고 들어갈 수는 없습니다.

　　　그런 싱숭생숭한 마음으로 꺼낸 책을 보지도 않고 다시 꽂아 넣으며 나는 순수하고 자기주장이 강한 남성성의 시대가 다가오는 것을 그려보았습니다. 가령 교수들의 편지(예를 들어 월터 롤리 경*의 편지)에서 예감할 수 있는, 이탈리아의 통치자들이 이미 실현시킨 것과 같은 시대 말입니다. 로마는 완전한 남성성의 인상을 받을 수밖에 없는 곳입니다. 완전한 남성성이 국가에 미치는 가치가 무엇이든 간에 그것이 시의 기술에 미치는 영향이 무엇인지는 의문을 가질 수 있습니다. 신문에 따르면, 이탈리아에서는 소설에 대한 일종의 불안이 있다고 합니다. '이탈리아 소설의 발달'을 목적으로 학술위원들의 회의가 열렸습니다. 일전에 고위층 집안과 재정, 산업과 파시스트 기업의 유명인들이 모여 그 문제를 논의하고 "파시즘 시대가 곧 그럴 만한 자격을 갖춘 시인을 배출해낼 것이다."라는 희망을 나타내는 전보를 총통에게 보냈습니

---

* 월터 롤리 경: (1552?~1618): 영국의 정치인, 탐험가, 작가, 시인. (옮긴이)

다. 우리 모두 그 실현되기 힘든 바람에 동참할 수는 있 겠지만, 과연 시가 인큐베이터 안에서 나올 수 있을지 의 문이 듭니다. 시는 아버지뿐만 아니라 어머니가 있어야 합니다. 두려운 것은, 파시즘 시는 어느 시골 마을에 위 치한 박물관의 유리병 안에서나 볼 수 있는 작고 끔찍한 발육부전 상태의 생명체가 될 거라는 겁니다. 그런 괴물 은 오래 살지 못한다고 합니다. 그런 생물이 들판에서 풀 을 뜯어 먹는 모습을 단 한 번도 본 적이 없습니다. 몸 하 나에 머리가 둘 달린 괴물은 오래 살 수 없습니다.

그러나 이 모든 것에 대한 책임은, 혹 비난에 대 한 두려움이 있다면, 어느 한쪽의 성에 더 많은 비난이 가는 것은 아닙니다. 모든 유혹하는 자와 개혁가들에게 책임이 있습니다. 그랜빌 경에게 거짓말을 했을 때의 레 이디 베스버러와, 그레그 씨에게 진실을 털어놓았을 때 의 데이비스 양 모두에게 책임이 있습니다. 성을 의식할 수밖에 없는 상황을 가져온 모두에게 책임이 있습니다. 또한 내가 책을 통해 나의 능력을 펼치려 했을 때 그 책 을, 데이비스 양과 클러프 양이 태어나기 이전, 즉, 작가가 마음의 양면을 공평히 사용했던 그 행복한 시절을 찾아보도록 만든 것도 그들입니다. 우리는 셰익스피어로 돌아가야 합니다. 셰익스피어는 양성적이었으니까요. 키츠와 스턴, 쿠퍼, 램, 콜리지도 마찬가지였습니다. 아마 셸리는 무성이었을지도 모르지요. 밀턴과 벤 존슨은 그들 안에 남성성이 너무 많았습니다. 워즈워스와 톨스토이도 그랬고요. 우리 시대에는 프루스트가 완전히 양성적인 특성을 갖고 있었고 어쩌면 조금 과하게 여성적인 면이 있지 않았나 싶습니다. 그러나 그런 결함은 극히 드문 일이라 불평할 수 없습니다. 그런 종의 혼합이 없다면 지성이 우위를 차지하고 마음의 다른 능력들은 굳고 척박해지기 때문입니다. 하지만 나는 이것이 일시적인 모습일지도 모른다고 생각하며 스스로를 위로했습니다. 내 사유의 과정을 여러분에게 전하겠다는 약속을 순순히 지켜오는 과정에서, 내가 말한 많은 부분이 시대에 뒤떨어지는 것처럼 보일 수 있습니다. 내 눈 안의 불타오르는 많은 것들이 아직 성년이 되지 않은 여러분에게는 불확실해 보이겠지요.

비록 그렇다 할지라도, 내가 여기에 가장 처음으로 쓸 문장은, 나는 책상을 가로질러 '여성과 픽션'이라고 제목을 단 종이를 들어 올리며 말했습니다, 글을 쓰는 사람이 자신의 성을 생각하는 것은 치명적이라는 사실입니다. 순수하고 단순한 남성 또는 여성이 되는 것은 치명적입니다. 우리는 남성적인 여성, 또는 여성적인 남성이 되어야 합니다. 여성이 어떤 불만 사항을 조금이라도 강조하거나 아무리 정당하다 해도 대의명분을 변호하는 것, 어떤 식이든 여자임을 의식하고 말하는 것은 치명적인 일입니다. 치명적이라는 말은 비유가 아닙니다. 의식적인 편견을 가지고 쓴 글은 무엇이든 살아남지 못할 것입니다. 그것은 기름진 땅이 되기를 멈추어버립니다. 하루나 이틀쯤은 눈부시게 빛나며 효과를 내고, 힘을 뿜어내며 능수능란한 솜씨를 내보일 수도 있겠지만 해질 녘이면 시들어버립니다. 다른 이의 마음에서는 자랄 수가 없으니까요. 여성과 남성의 마음 안에서 협력이 이루어져야 창조적인 예술이 탄생할 수 있습니다. 상반된 두 개 성의 결혼이 이루어져야만 합니다. 작가가 완벽한 충만함으로 자신의 경험을 전달하고 있다는 것을 느끼려면 마음 전체가 활짝 열려 있어야 합니다. 거기엔 자유가 있고 평화가 있어야만 합니다. 바퀴가 굴러가는 소리나, 번쩍이는 빛이 있으면 안 됩니다. 커튼을 완전히 닫아두어야 합니다. 일단 작가가 자신의 경험이 끝나고 나면, 자리에 누워 어둠 속에서 마음이 자신의 결혼을 성대히 올리도록 해주어야 합니다. 무슨 일이 벌어지고 있나 들여다보거나 질문을 해서도 안 됩니다. 차라리 장미 꽃잎을 따거나 강을 따라 차분히 헤엄쳐 내려가는 오리를 바라보아야 합니다. 또다시 보트와 대학생, 그리고 낙엽들이 있는 물의 흐름이 보입니다. 나는 함께 거리를 따라 내려오는 두 사람을 보며 택시가 남자와 여자를 태우고 떠났다고 생각했습니다. 그리고 멀리서 들려오는, 런던의 차들이 움직이며 내는 시끄러운 소리를 들으며 생각했습니다. 물의 흐름이 그들을 실어 엄청난 물줄기 속으로 쓸어갔다고.

　　　　여기서 메리 비턴은 말을 멈추었습니다. 그녀는 여러분에게 어떻게 결론—평범한 결론입니다만—

에 도달하게 되었는지 말했습니다. 픽션이나 시를 쓰려면 1년에 500파운드의 돈과 자물쇠를 걸 수 있는 방이 필요하다고요. 그녀는 이런 결론을 이끌어낸 생각과 인상들을 솔직하게 드러내려고 노력했습니다. 그녀는 여러분에게 자신의 여정을 따라와 달라고 부탁했습니다. 대학 직원의 손짓에 허둥거리고 여기에서 점심을 먹고 저기에서는 저녁을 먹고 대영박물관에서는 그림을 그리고 서가에서 책을 가져오고 창밖을 내다보는 내내 말이지요. 그녀가 이 모든 일을 하는 동안 여러분은 그녀의 결점과 약점을 관찰했고, 틀림없이 그것들이 그녀의 견해에 어떤 영향을 끼쳤는지 판단했을 겁니다. 여러분은 그녀를 부정해왔고 어떤 것이든 여러분에게 좋아 보이는 것은 덧붙이고 추론했을 거예요. 모두 그래야만 하는 일입니다. 이런 문제에서 진실이란 오직 갖가지 오류를 모아 비교하는 것으로만 얻어질 수 있기 때문입니다. 이제 나는 너무나 명백해서 여러분이 제기할 수밖에 없는 두 가지 비평을 예상하면서 여기서 끝마치려고 합니다.

아마 여러분은 작가로서 두 개의 성이 가지는

상대적인 장점이 무엇인지가 전혀 드러나지 않았다고 말할 것입니다. 그것은 의도적이었습니다. 왜냐하면 만일 그런 가치 평가가 가능한 시대가 온다고 하더라도—현재로서는 각각의 능력에 관해 불확실한 바탕 위에 믿음을 갖는 것보다 여성이 얼마나 많은 돈과 방을 가지고 있는지 아는 것이 훨씬 더 중요합니다—나는 그 재능이, 그게 마음이든 성격이든 간에 설탕이나 버터처럼 무게를 잴 수 있는 건 아니라고 생각합니다. 심지어 사람들을 등급으로 나누고 머리에 모자를 씌우고는 그들의 이름 뒤에 호칭을 붙이는 데 너무나 능숙한 케임브리지 대학에서조차 그러지 못할 겁니다. 또 휘터커 연감에 있는 순위를 나타낸 표가 가치의 최종 순위를 나타낸다거나, 저녁 만찬 자리에서 배스 훈장을 단 지휘관이 정신병원 담당 주사보다 뒤에 걸어 들어가야 할 어떤 마땅한 이유가 있다고도 생각하지 않습니다. 성 대 성으로, 자질 대 자질로 맞서게 하는 이 모든 것들, 우월함을 주장하고 열등함에 책임을 돌리는 이 모든 것은 인간의 경험에서 보자면 사립학교 단계에 속합니다. 학교에서는 '편'이 있고 한쪽 편이 다른 편을 반드시 이겨야 하지요. 가장 중요한 것은 연단에 올라 교장 선생님이 직접 주는 화려한 트로피를 받는 것입니다. 사람들은 점점 성장하면서 편이나, 교장 선생님, 화려한 트로피를 믿지 않게 됩니다. 어쨌든 책에 있어서라면, 책의 장점을 적은 꼬리표를 떨어지지 않게 붙이는 것은 말도 안 되게 어렵습니다. 현대문학 평론이야말로 판단이 어렵다는 걸 끊임없이 보여주는 예가 아닌가요? 똑같은 책이 '이 훌륭한 책', '이 가치 없는 책', 두 개의 이름으로 불립니다. 칭찬과 비난은 둘 다 아무 의미가 없습니다. 아니, 오락으로서는 측정하는 것이 즐겁지만 그렇게 쓰는 모든 시간은 무의미합니다. 또 측정하는 사람들의 결정에 굴복하는 것은 가장 비굴한 태도이지요. 여러분이 쓰고 싶어 하는 것을 쓰는 것, 그것만이 중요합니다. 그게 몇 세대에 걸쳐 중요할지, 혹은 몇 시간에 걸쳐 중요할지는 누구도 말할 수 없습니다. 그러나 은 항아리를 손에 든 어떤 교장 선생님이나 몰래 자를 숨겨둔 교수님에게 경의를 표하기 위해 당신의 비전을 머리칼에서 한 올이라도, 그 색깔이 가진 색조를 조금이라도 희생

224
\
225

시킨다면 그것은 가장 비굴한 배반입니다. 이에 비교하자면 인류의 가장 큰 재앙이라 일컫는 부와 순결의 희생은 그저 벼룩에 물린 정도밖에 되지 않습니다.

　　　다음으로 내가 물질적인 것을 너무 강조한 것에 대해 여러분이 이의를 제기할 수도 있다고 생각합니다. 연간 500파운드가 심사숙고할 수 있는 힘을 말하고, 문의 자물쇠는 스스로 생각할 수 있는 능력을 상징한다고 너그럽게 양보해도, 여러분은 여전히 마음이란 그런 것을 족히 능가해야 하고, 위대한 시인들은 종종 가난한 사람들이었다고 말할 수도 있겠지요. 그렇다면 무엇이 시인을 만드는지 나보다 더 잘 알고 있는 여러분의 문학 교수의 말을 인용해보겠습니다. 아서 퀼러 쿠치 경은 이렇게 썼습니다.*

　　　"지난 100년간 위대한 시인들의 이름은 무엇이었는가? 콜리지, 워즈워스, 바이런, 셸리, 랜더, 키츠, 테니슨, 브라우닝, 아널드, 모리스, 로제티, 스윈번 ― 여

VIRGINIA WOOLF

* 아서 퀼러 쿠치 경: 『The Art of Writing』의 저자.

기서 잠깐 멈춰도 될 것 같다. 이들 중에 키츠, 브라우닝, 로제티를 제외하곤 모두 대학 출신으로 이 셋 중에서 젊은 나이에 죽어 전성기가 끝나버린 키츠만이 썩 유복하지 않은 시인이었다. 이런 말을 하기엔 잔인하고 슬프지만 시적 재능이 가난한 자에게나 부자에게나 공평하게 불어온다는 이론은 진실과는 상당히 거리가 멀다. 엄연히 저 열두 명 중에서 아홉 명이 대학 출신이었고 이는 무슨 수를 썼든 그들이 영국이 줄 수 있는 최고의 교육을 받을 수 있는 수단을 구했다는 것을 의미한다. 남은 세 명 중 브라우닝은 여러분도 알다시피 부유했다. 만일 그가 부유하지 않았다면 『사울』이나 『반지와 책』을 쓰는 성과를 내지 못했을 것이고, 이와 마찬가지로 러스킨도 아버지의 사업이 성공하지 않았다면 『현대 화가들』을 쓰지 못했을 것이다. 로제티에게는 소소하지만 개인 수입이 있었고, 게다가 그림도 그렸다. 키츠만 남는데 그는 정신병원에서 죽은 존 클레어와 낙담한 마음에 약을 먹은 제임스 톰슨이 아편으로 죽은 것처럼 운명의 여신 아트로포스*에게 젊은 나이에 살해당한다. 모두 끔찍한 사실이지만 직면하기로 하자. 우리 영연방의 어떤 잘못으로 인해 요즘뿐 아니라 과거 200년 동안 가난한 시인들에게는 아주 희박한 가능성조차 없다는 것은, 한 국가의 국민으로서 우리에게 불명예스럽긴 하지만 틀림없는 사실이다. 내 말을 믿어도 좋다. ─나는 320개의 초등학교를 관찰하는 데 족히 10년을 썼다─우리는 민주주의를 떠벌리지만 실은 영국의 가난한 집 아이들은 아테네 노예의 아들이 훌륭한 글이 태어날 수 있는 지적 자유를 갖기를 바라는 것보다 더 희망이 없다."

이보다 요점을 더 분명하게 쓸 수 있는 사람은 없을 겁니다. "요즘뿐 아니라 과거 200년 동안 가난한 시인들에게는 아주 희박한 가능성조차 없다는 것은… 영국의 가난한 집 아이들은 아테네 노예의 아들이 훌륭한 글이 태어날 수 있는 지적 자유를 갖기를 바라는 것보다 더 희망이 없다." 바로 이겁니다. 지적 자유는 물질적

* 아트로포스: 그리스 신화에 등장하는 운명의 여신 모이라이 세 자매 중 막내. 미래를 맡아 운명의 실을 자르는 일을 한다. 이름은 '불가피한 것'이라는 뜻이다. (옮긴이)

인 것에 의존합니다. 시는 지적 자유에 달려 있고요. 그리고 여성은 지난 200년 동안이 아니라 천지개벽 이래 지금까지 언제나 가난했습니다. 여성은 아테네 노예의 아들보다 지적 자유가 없었습니다. 게다가 시를 쓸 수 있는 그 어떤 희박한 가능성조차 없었습니다. 그게 바로 내가 돈과 자기만의 방을 그토록 강조한 이유입니다. 그러나 더 많은 이들이 알았으면 좋겠다고 바라며 무명의 여성들이 피땀 흘려 일한 덕분에, 또 희한하게도 두 번의 전쟁, 즉 플로렌스 나이팅게일이 거실에서 나오게 된 크림 전쟁과 약 60년 뒤에 있었던, 평범한 여성들에게도 문이 열리게 된 유럽 전쟁으로 인해 이런 악폐는 점점 나아지고 있습니다. 그렇지 않았다면 여러분은 오늘 밤 여기 올 수 없었을 테고 연간 500파운드를 벌 수 있는 기회는, 여전히 그리 쉽지 않을까 봐 불안하긴 합니다만, 꽹장히 적었을 겁니다.

계속해서 여러분은 여성 글쓰기의 중요성에 대해 왜 그리 집착하느냐고 나에게 이의를 제기하겠지요. 내가 한 말에 따르면 글쓰기를 위해서는 어쩌면 숙모를 살해하게 될지도 모르고 점심 모임에 거의 틀림없이 늦거나 아주 좋은 동료들 사이에 심각한 논쟁을 불러올 수도 있는데 말이죠. 인정하겠습니다, 나의 동기는 일정 부분 이기적인 게 사실이에요. 대부분의 교육받지 못한 영국 여성들처럼 나는 책 읽는 걸 좋아합니다. 대량으로 읽는 걸 좋아하지요. 최근에 내 독서 습관이 약간 단조로워졌습니다. 역사에는 전쟁이 너무 많이 나오고, 전기에는 훌륭한 남성들에 관한 내용이 너무 많아요. 내 생각입니다만, 시는 빈약해지는 경향을 보이고요. 소설은—글쎄요, 현대소설 비평가로서의 나의 무능함은 충분히 드러냈으니 거기에 관해서는 더 이상 말하지 않겠습니다. 그렇기 때문에 나는 주제가 사소하든 방대하든 주저하지 말고 모든 종류의 책을 쓰라고 권하겠습니다. 나는 여러분이 수단과 방법을 가리지 않고 여행하고 빈둥거리고 세계의 미래와 과거에 대해 곰곰이 생각해보고 책을 읽고 공상하고 길모퉁이에서 서성거리고 생각의 실을 강 속 깊이 담가볼 수 있는, 그런 걸 할 수 있는 충분한 돈을 스스로 소유하게 되기를 바랍니다. 여러분을 소설에만 국한시키는 게 결코 아니에요. 만일 여러분이 나를—나와 같은 수천 명의 사람들을—즐겁게 해주고 싶다면 여행과 모험, 연구와 학문, 역사와 전기, 비평과 철학, 과학에 관한 책을 쓰기를 바랍니다. 그렇게 함으로써 여러분은 틀림없이 소설의 기법에 이득을 줄 것입니다. 책이란 서로서로 영향을 주고받으니까요. 소설은 시, 철학과 바싹 붙어 서 있으면 훨씬 나아질 겁니다. 게다가 여러분이 사포나 레이디 무라사키*, 에밀리 브론테 같은 훌륭한 작가들을 생각해보면, 그들은 창시자이면서 동시에 상속자이고, 그들의 존재는 여성이 자연스럽게 글 쓰는 습관을 가지게 된 것에 기인한다는 사실을 알게 될 것입니다. 그렇기 때문에 단순히 시를 위한 전주곡일지라도 여러분의 그런 행위는 매우 큰 가치를 갖게 될 것입니다.

　　하지만 내가 쓴 이 기록을 돌아보고 일련의 사유를 비판해볼 때, 나의 동기가 오롯이 이기적인 것만은 아니었습니다. 이 논평과 산만한 논의에는 확고한 신

---

* 레이디 무라사키(978?~1015?): 일본 소설가. 그녀의 작품 『겐지 이야기』는 아서 웨일리에 의해 번역되었다.

념—아니면 본능이라고 할까요?—이 흐르고 있습니다. 그것은 좋은 책이란 바람직한 것이고, 좋은 작가란 아무리 그들이 다양한 인간의 타락상을 면면이 보여준다 해도, 여전히 좋은 인간이라는 겁니다. 그러니 내가 여러분에게 더 많은 책을 쓰라고 요청하는 건, 여러분 자신을 위해서 그리고 세계에 전반적으로 좋을 일을 하라고 권하는 것입니다. 이런 본능 또는 믿음이 옳다는 걸 어떻게 보여줄 수 있을까요? 잘 모르겠습니다. 철학 용어란 대학에서 교육을 받지 못한 사람에게는 기만당하기 쉬운 대상이니까요. '현실(reality)'이란 무엇을 의미할까요? 그것은 무언가 굉장히 불규칙적이고 대단히 신뢰할 수 없는 것처럼 보입니다. 어떤 때는 먼지 자욱한 도로에서, 때로는 거리의 신문 조각에서, 또 태양 아래의 수선화 속에서 발견됩니다. 현실은 한 방에 있는 무리의 사람들을 비춰주고, 무심한 말 한마디에 무언가가 있음을 보여줍니다. 별빛 아래에서 걸어서 집으로 돌아가던 누군가를 격한 감정에 휩싸이게 하고, 침묵의 세상을 이야기로 가득한 세상보다 더 현실적으로 만들어줍니다.

그리고 그것은 또다시 피커딜리 거리의 소란스러운 버스 안에 존재합니다. 때로는 본질이 무언지 알아보기엔 너무 멀리 떨어진 곳에 살고 있는 것 같습니다. 하지만 그것이 닿으면 고장 났던 것은 멀쩡해지고 모든 것은 영원해집니다. 그것은 바로 하루의 껍질이 울타리로 던져질 때 뒤에 남는 것, 과거의 시간과 우리의 사랑과 증오에서 남겨지는 것입니다. 자, 나는 작가들이 다른 사람들보다 이런 리얼리티 안에서 살아갈 기회가 더 많다고 생각합니다. 그것을 찾아내고 수집해서 나머지 우리에게 전달하는 것은 그들의 일입니다. 나는 『리어왕』이나 『엠마』, 『잃어버린 시간을 찾아서』를 읽으며 그런 추론을 합니다. 이런 책들을 읽고 나면 감각기관에 별난 수술이라도 받은 듯 이후에는 더욱 열정적으로 보게 되고, 세상은 그 막을 벗고 더욱 강렬한 삶을 주는 것 같습니다. 비현실성에 적의를 품고 사는 사람들은 부러워하는 이들입니다. 반대로 알지도, 신경 쓰지도 못한 채 끝난 일로 무언가를 그만두는 사람들은 불쌍한 사람들입니다. 그러니 내가 여러분에게 돈을 벌고 자기만의 방을 마련하라는 것은 리얼리티가 있는 곳에서 살면서 삶을 활력 있게 만들라는 의미와 같습니다. 그러한 삶을 나눠줄 수 있는지 없는지와 상관없이 그것은 드러날 것입니다.

　　　여기서 멈추고 싶지만, 모든 강연은 장황한 연설로 맺어야 한다는 관습이 나를 압박하고 명령하네요. 여성을 대상으로 하는 강연의 마무리는 특히나 강연 자체를 과하게 칭찬하고 고상하게 마무리해야 한다는 것에 여러분도 동의하겠지요. 나는 여러분에게 보다 드높고 더욱 정신적인 여러분의 책임을 기억하라고 애원해야 합니다. 또한 얼마나 많은 것들이 여러분에게 달려 있는지, 여러분이 미래에 어떤 영향력을 행사할 수 있는지 상기시켜야 합니다. 그러나 이런 간곡한 권고들은 다른 성에게 안전하게 남겨둘 수도 있습니다. 그들은 내가 할 수 있는 것보다 훨씬 유창한 화술로 그 역할을 할 것이고 또 실제로 그렇게 해왔으니까요. 나의 마음을 아무리 샅샅이 뒤져보아도 그들과 동료가 되고 동등해지고자 하거나 세상을 더 나은 곳으로 만들기 위해 세상에 영향을 미치겠다는 고귀한 감정을 찾을 수가 없습니다. 나는 자기 자신이 되는 것이 다른 무엇보다 훨씬 더 중요한 일이라고 간결하고 단조롭게 말할 뿐입니다. 다른 사람에게 영향을 주겠다는 생각은 꿈도 꾸지 말라고, 고급스럽게 말하는 법을 안다면 나는 그렇게 말할 것입니다. 그저 사물을 그 자체로 생각하십시오.

그리고 신문과 소설, 전기문을 띄엄띄엄 읽으면서 나는 여성이 같은 여성에게 이야기를 걸 때면 대단히 불쾌한 무언가를 몰래 준비해둔다는 게 생각났습니다. 여성은 같은 여성에게 모질게 굽니다. 여성은 여성을 싫어합니다. 여성은—그런데 여러분은 그 단어가 지긋지긋하지 않나요? 나는 그렇다고 장담할 수 있습니다. 그렇다면 동의합시다. 한 여성이 다른 여성에게 읽어주는 글은 특히나 유쾌하지 않게 끝나야 한다는 것을요.

하지만 어떻게 해야 할까요? 내가 무얼 생각할 수 있을까요? 사실, 나는 때때로 여성을 좋아합니다. 나는 그들의 관습적이지 않은 습성을 좋아합니다. 나는 그들의 예민함을 좋아하고, 그들의 익명성을 좋아합니다. 또 나는—하지만 이런 식으로 계속 끌면 안 되겠지요.

저기 있는 저 찬장에 ─ 여러분은 거기에 깨끗한 식탁용 냅킨만 있다고 말하지만 만일 그 사이에 아치볼드 보드킨 경*이 숨어 있다면요? 그러니 좀 더 근엄한 말투를 쓰도록 하지요. 내가 앞에서 남성들이 했던 경고와 비난을 여러분에게 충분히 전달했던가요? 오스카 브라우닝 씨가 여러분을 상당히 얕잡아보았다는 걸 말씀드렸습니다. 나폴레옹이 과거에 여러분을 어떻게 생각했는지, 지금은 무솔리니가 어떻게 생각하는지도 보여주었습니다. 그러고 나서 혹시라도 여러분이 소설을 쓰기를 열망한다면, 여러분의 성이 가진 한계를 용감하게 인정하라는 비평가의 조언도 그대로 전달해주었습니다. 나는 X 교수를 언급했고 여성은 지적으로 도덕적으로 육체적으로 남성보다 열등하다는 그의 진술을 부각시켰습니다. 부러 찾으러 나가지 않아도 저절로 나에게 들어온 모든 것들을 여러분에게 건네주었고 여기에 마지막 경고가 하나 남았습니다. 그것은 존 랭던 데이비스 씨가 보낸

---

* 아치볼드 보드킨 경: 그 당시의 검찰국장.
『고독의 우물』의 재판에 관여했다.

것입니다. 존 랭던 데이비스 씨는 여성들에게 이렇게 경고했습니다. "아이들이 전적으로 바람직하기를 그만두게 될 때, 여성들의 필요성도 완전히 사라진다."[*] 이 말을 꼭 메모해놓기 바랍니다.

　　여러분의 생을 건 일에 매진하라고 어떻게 이보다 더 격려할 수 있을까요? 젊은 여성들이여, 이제 연설의 마지막에 접어들었으니 경청해달라고 부탁하겠습니다. 내 생각에 여러분은 부끄러울 정도로 무지합니다. 여러분은 어떤 종류이든 중요한 것을 발견한 적이 없습니다. 여러분은 제국을 뒤흔든 적도 군대를 전장으로 이끈 적도 없습니다. 셰익스피어의 희곡은 여러분이 쓴 것이 아니고, 여러분은 야만인에게 문명을, 축복을 소개한 적도 없습니다. 여러분의 변명은 무엇입니까? 교역과 사업, 사랑의 행위로 온통 바쁜 흑인과 백인, 커피색 피부를 가진 주민들이 무리 지어 다니는 세계와 거리와 광장,

---

[*] 존 랭던 데이비스: 울프는 여기서 약간 과장하고 있다. 실제 인용문은 다음과 같다. "그리고 만일 어린아이들이 전적으로 바람직하기를 멈춘다면, 여성들도 전적으로 그 필요성이 없어질 것이다."

숲을 가리키면서 우린 다른 할 일이 있었다고 말하려나요? 좋습니다. 우리가 한 일이 아니었다면 바다를 항해하는 일도 사막이 비옥한 땅이 되는 일도 없었을 거라고요. 우리는 아이들을 낳고 기르고 어쩌면 예닐곱 살이 될 때까지 가르쳤고, 지금 존재하는 그 인류의 수는 통계에 따르면 16억 2,300만 명입니다. 약간의 도움을 받았다 하더라도 그 일은 시간이 드는 것입니다.

여러분이 한 말에는 진실이 있습니다. 그걸 부정하진 않겠습니다. 하지만 동시에 여러분에게 다시 상기시킬 것이 있습니다. 1866년부터 영국에는 여성을 위한 대학이 적어도 두 개는 존재했습니다. 1880년 이후로 결혼한 여성은 법적으로 재산을 소유할 수 있도록 허용되었으며, 1919년, 즉 지금으로부터 바로 9년 전 여성은 투표권을 갖게 되었다는 사실 말입니다. 또 대부분의 전문직을 가질 수 있는 기회가 여러분 앞에 펼쳐진 지 거의 10년이 되어간다는 것을 상기시켜 드려도 될까요? 여러분이 이런 어마어마한 특권과 그걸 누릴 수 있었던 기간을 곰곰이 생각해보고, 바로 지금 이런저런 방법으로 연간 500파운드를 벌 수 있는 대략 2만 명의 여성이 분명 존재한다는 사실을 떠올려 본다면, 기회와 훈련, 격려, 여가 시간과 돈이 부족하다는 변명은 더 이상 효력이 없음을 알 것입니다. 게다가 경제학자들은 우리에게 시턴 부인이 너무 많은 아이를 낳았다고 말하고 있습니다. 물론 아이는 계속 낳아야겠지만, 그들은 열 명이나 열두 명이 아니라 두세 명을 낳아야 한다고 말합니다.

그러므로 여러분 손에 쥐어진 약간의 시간과 책으로 배운 지식으로—여러분은 다른 종류의 지식은 충분히 가지고 있습니다. 어떤 면에서는 기존의 그 교육에서 벗어나기 위해 대학으로 보내지는 거라고 생각합니다—대단히 길고 무척 고단하며 굉장히 이해하기 힘든 경력의 또 다른 단계에 착수해야 합니다. 여러분이 무엇을 해야 하는지, 어떤 영향력을 가질지 제시하기 위해 수천 개의 펜이 기다리고 있습니다. 나의 제안이 약간 기상천외하다는 걸 인정합니다. 그렇기 때문에 픽션의 형식에 그걸 담아내는 편을 더 좋아합니다.

강연의 중간쯤에 내가 셰익스피어에게 여동

생이 있다고 말했습니다만, 시드니 리 경*의『시인의 생애』라는 책에서 그녀를 찾으려 하지 말아주세요. 그녀는 젊은 나이에 죽었고, 애석하게도 시 한 줄 쓰지 못했습니다. 지금은 버스가 정차하는 엘리펀트 앤 캐슬의 맞은편에 묻혀 있습니다. 결코 시 한 줄 쓰지 못했고 교차로에 묻혀 있는 이 시인은 지금 나의 믿음 안에서는 여전히 살아 있습니다. 그녀는 당신 안에 그리고 내 안에서 살아 있고 오늘 밤 설거지를 하고 아이들을 재우느라 여기 오지 못한 많은 다른 여성들 안에 살아 있습니다. 그녀는 살아 있습니다. 위대한 시인은 죽지 않으니까요. 그들은 계속되는 존재들입니다. 그들에게는 오직 육신을 입고 우리에게 걸어 나올 기회가 필요할 뿐입니다. 그 기회는 여러분이 그녀에게 주는 힘에서 올 수 있다고 나는 생각합니다. 우리가 앞으로 100년을 더 살게 되고—개별적으로 살아가는 미미한 각자의 삶이 아닌 진정한 삶이라 할 수 있는 공동의 삶을 말하는 겁니다—모두가 연간

---

* 시드니 리(1859~1926): 영국의 전기 저술가, 작가, 비평가. (옮긴이)

500파운드와 자기만의 방을 가진다면, 생각하는 바를 정확히 쓸 수 있는 용기와 자유의 습관을 가진다면, 거실에서 살짝 탈출해서 인간의 존재를 언제나 서로와의 관계가 아닌 리얼리티(현실)와의 관계 속에서 본다면, 또한 하늘과 나무 그게 무엇이든 그것의 본질을 본다면, 누구도 인간의 시야를 막을 수는 없으므로 밀턴의 유령들*을 무시할 수 있다면, 우리가 매달릴 팔도 없이 홀로 나아가야 한다는 사실, 남성과 여성의 세계만이 아니라 리얼리티의 세계와 관계하고 있다는 사실을 직시한다면, 그러면 그 기회는 도래하고 셰익스피어의 여동생이었던 그 죽은 시인은 너무나 자주 내려놓았던 육체를 입게 될 것입니다. 그녀의 오빠가 그랬듯, 자신보다 앞서 간 이름 없는 시인들의 삶에서 자신의 삶을 끌어와 그녀는 태어

* 3장에서 울프는 대영박물관에서 나와 걸어서 집으로 돌아오는 중에 화이트홀, 애드미럴티 아치 등의 군사적인 함축이 깃든 런던의 가부장적 광경들을 연달아 떠올린다. 이때, 여기에서처럼 그녀는 탁 트인 하늘을 더 선호하는데 그 비교 상대는 밀턴이 "나에게 영원히 떠받들라고 요구했던 커다랗고 위엄 있는 신사들"이다.

날 것입니다. 그런 준비 없이, 우리가 과거에 했던 그러한 노력 없이, 그녀가 다시 태어날 때 살아갈 수 있겠다고, 자신의 시를 쓸 수 있겠다고 느끼게 해주겠다는 투지 없이는, 그녀의 출현은 기대할 수 없습니다. 그것은 불가능하니까요. 하지만 우리가 그녀를 위해 일한다면 그녀는 출현할 것이고, 그렇기에 가난하고 무명인일지라도 그것을 위해 일하는 것은 가치 있는 일이라고 나는 단언합니다.

작가 연보

1882년   런던에서 태어남. 아버지 레슬리 스티븐은 편집자
         이자 비평가였으며, 당대 명망 있는 『콘힐 매거진』
         을 편집하였음. 어머니 줄리아 스티븐은 자선가이
         자 라파엘전파 화가들(라파엘로 이전 시기인 14~15세기의 이
         탈리아 화가들과 비슷한 양식의 그림을 그렸던 19세기의 영국 화가들)
         의 모델이었음.
1895년   어머니의 죽음.
1897년   이복 언니 스텔라의 죽음 이후 신경 쇠약에 시달림.
1899년   오빠 토비가 케임브리지 트리니티 칼리지에 진학,
         이후 '블룸즈버리 그룹'을 결성할 리튼 스트레이치,
         레너드 울프 등과 교류함.
1906년   그녀가 가장 좋아하는 오빠 토비가 갑작스레 장티
         푸스로 사망함. 그리스 여행.
1907년   첫 번째 소설 '멜림브로지어'(후에 『출항』으로 출판) 집필
         시작함.
1912년   레너드 울프와 결혼함.
1913년   『출항』 원고 완성하여 출판사에 보냄. 병세가 악화
         되어 자살 기도.

1915년	그녀의 첫 소설 『출항』 출판.
1917년	호가스 출판사를 설립함. 그곳에서 T.S.엘리엇, E.M.포스터, 캐서린 맨스필드의 작품과 프로이트의 초기 번역 작품들 출간.
1918년	『밤과 낮』 집필.
1919년	『밤과 낮』 출판.
1920년	『제이콥의 방』 집필.
1922년	실험적이고 인상주의적인 소설 『제이콥의 방』 발표.
1923년	『댈러웨이 부인』의 첫 원고인 '시간들' 집필.
1925년	그녀의 대표작, 소설 『댈러웨이 부인』 출판.
1926년	독감 앓음. 『등대로』 집필.
1927년	『등대로』 출판. 『올랜도』 집필.
1928년	역사 판타지 『올랜도』 출판. 케임브리지에서의 강연을 토대로 『자기만의 방』 집필.
1929년	『자기만의 방』 출판. 베를린 여행.
1931년	뛰어난 시적 환상을 다룬 『파도』 출판. 프랑스 여행.
1932년	『세월』 집필 시작.
1937년	가족 대하소설 『세월』 출판. 언니 바네사의 아들 줄리안 벨이 스페인 내란에 참전하여 사망.
1939년	『막간』 집필. 런던에서 프로이트를 만남.
1941년	『막간』 출판. 정신질환이 도져 우즈강에 투신하여 자살.

AWC

VIRGINIA WOOLF
A Room of One's Own

자기만의 방

초판 1쇄 인쇄 2024년 1월 18일
초판 1쇄 발행 2024년 1월 25일

지은이 버지니아 울프
옮긴이 최설희

펴낸이 한선화
책임편집 이미아
디자인 ALL designgroup
홍보 김혜진 | 마케팅 김수진

펴낸곳 앤의서재
출판등록 제2022-000055호
주소 서울 서대문구 연희로 11가길 39, 4층
전화 070-8670-0900 | 팩스 02-6280-0895
이메일 annesstudyroom@naver.com
인스타그램 @annes.library

ISBN 979-11-90710-70-1   04800
ISBN 979-11-90710-69-5   (SET)